Ludwig Weibel
Harmonie der Welten im Gedicht
Das Wesen reiner Liebe

Books on Demand

Bibliographische Information der Deutschen Nationalbibliothek. Die Deutsche Nationalbibliothek verzeichnet diese Publikation in der deutschen Nationalbibliographie, detaillierte bibliographische Daten sind im Internet über http://dnb.dnb.de abrufbar.

© 2015 Autor: Ludwig Weibel
Herstellung und Verlag:
BoD – Books on Demand, Norderstedt
ISBN 9783734796944

Ludwig Weibel

Harmonie der Welten im Gedicht

Inhalt

Gedichte 1962 - 1978
5

Gesang des Schweigens
89

Was die Rosen uns erzählen
125

Tau der Liebe
135

Es wallt das Korn
159

Geliebtes Herz, du reine Schale
183

Reich der Sehnsucht, Reich der Lust
203

Inhaltsverzeichnis
225

1

Gedichte 1962 - 1978

1962
Der Vogel
Ich schwebe.
Keiner anderen Seligkeit
bedarf ich. Mich tragen die Lüfte.

Sie sind leichter als ich.
Ich bin leichter als sie.
Ich fliege durch die Luft hindurch.

Ich kann, wenn ich will
in die Sonne hineinfliegen.
Dann bin ich selber die Sonne.

Die Luft ist hellblau.
Die Erde ist grün. Die Schatten
beweisen das Licht

Meine Stimme ist Gesang. Ich
singe einfach die Freude aus
mir heraus.

2
1963
Hinter dir ist die
All Natur, welche dir sagt
du sollst so laufen,
welche dich für *einen* Augenblick
aus ihren Armen entliess
um dich bald wieder an ihr
ewig gleiches Herz zu nehmen.

Du hast auch jetzt, ohne es zu wissen,
teil an ihren Spielen, teil an der
unerschütterlichen Bahn der Gestirne
deren die Welt eines ist.

Lass dich führen von ihr
winziger Griffel
damit die Zeichen, welche sie
durch dich in die Erde ritzt
nach ihrem Willen werden.

Bald wirst du mit anderen Augen
welche sie dir gibt, diese Zeichen
entziffern können und zusammen
mit allen Zeichnungen aller
anderen sind sie
i h r e Sinfonie an der auch du
herzinniges Gefallen findest

03
1963
   weder dem Gott noch
   den menschen verwandt
   elender balg taumeln dich
   dass du wie ein besoffener
   bist richtungslos
   die geschmeidigen
   arme des polypen

   zerschlägt er dich
   puppe bereite ihm nicht
   den gefallen eines schreis
   DIESEM beständig dazu
   verdammten, was er in
   dir zerstören muss
   für dich zu enthüllen

4
1965
   erheb dein
   tränendes haupt

kind steh auf
und ruf komm wind

blas trocken
mein gesicht säe
korn schöner
gedanken mir

aufgehen wie
sonne soll es
lächeln verbreitend
seliges lächeln

5
1967
Es ist meinen Augen eine wunderbare Freude Dich anzusehen;
ob Du Dich bewegst oder ruhst, strömt mir Deine lichte
Gestalt immerdar die kostbare Speise Deiner Anmut entgegen.

Dein Wesen verwandelt die einfachen Dinge im Raum zu bunten
Farben im Gemälde, dessen nie versiegender Mittelpunkt
Du bist. Ebenso wie der blonde Wasserfall von Deinem Haupt

und die stille Melancholie Deines Lächelns, kleiden Dich
die Kindlein die Du pflegst, die Blumen und ein keckes
Aepfelchen, dem die Reihe Deiner Zähne den Garaus macht.

Deine stete Gegenwart genügt mir vollkommen. Eine köstliche
Friedensspenderin bist Du, der gute Engel meiner Sanftmut und
die Taube, deren Flügel von der Farbe der Reinheit strahlen.

Wenn ich von Dir weggehe, verfällt meine Seele in dieselbe
wortlose Melancholie, deren Du fähig bist. Aber das Leben
gewährt uns die Gnade des Vergessens. Der trauernde Sinn wird

von vielen Dingen abgelenkt und kommt er zurück, so hat die
Zeit die grünen Blätter der Schwermut reif gemacht.
Ihr broncener Schimmer ist nicht mehr Verzagen und Schmerz

aber das geadelte Sinnbild unseres heimlichsten Empfindens.
Das Leben bleibt gut. In den vorsorgenden Armen des
Schicksals sind wir wohlgeborgen. Wie von Blumenkelchen nimmt

uns jede neue Sonne den Tau der Nacht aus dem Gesicht und
da es ledig ist vom reinen Glanz der Perlen blüht auf ihm
wie helle, junge Frühlingsboten nach dem Schnee: das Lächeln.

6
1967

Meine Seele atmet. In die gequälte Masse meines Fleisches
ist ihr zartes Wesen wie Milch gegossen. Ihre Gegenwart
ist stärker als die Traurigkeit, ihr stilles Wachsen veredelt
den Geist und ihre unscheinbaren Mühen bringen reiche Frucht.

Sie ist das Segel das das Schiff bewegt, die Schwinge die den
Vogel schweben lässt, das Licht, das in die Finsternis
den Tag bringt.

Meine Seele atmet. Sie nimmt die stille Brandung aus dem
Aethermeer und spendet wieder den köstlichen Hauch zur
Unendlichkeit. Leichte, vergoldete Schleier umschweben ihren
Atembereich, fliessende Formen entstehen, wandeln sich mählich
und verbreiten ihr heiliges, wehendes Spiel.

Im Rhythmus der empfangenden und gebenden Notwendigkeit
atmet meine Seele. Ihre erdachte Gestalt vernimmt Ströme des
Gedeihens und entlässt in den gutmütigen Raum, gebrauchte
Gebilde und neu erschaffene, denen die Chöre guter Geister
unwandelbares Wohlwollen erweisen.

Atmet meine Seele. Gibt es Gezeiten des Lichts, schon immer gewesene Fähigkeiten der Verwandlung. Von welchem Kuss kann die schlummernde Tochter des Königs hineingeweckt in die Reiche der Endlichkeit werden. Spinnt sie den Faden der Ariadne, den zierlichen Steg, dessen Enden hier und dort Stationen wechselnden Ursprungs sind und schwebende Widerlager meines geheimsten Erinnerns.

7
1967
Götterdämmerung
Die Posaunen des Morgens
verkünden den Aufstieg des Lichts.
Ungeduldig ziehen die Sonnenrosse
an ihrem Geschirr,
der Leiter der Troika
besteigt gelassen das Gefährt
und der Schuss seiner Peitsche
treibt die feurigen Stürmer
in die geöffnete Bahn.

Der Bogen den sie rennen
bringt uns die Morgenröte,
am Horizont steigt auf
das brennende Rad
und jede Trübnis weicht
seinem gewaltigen Strahlen.

Vor dem Antlitz des Lichtgottes
beugen die Geschöpfe das Haupt
und erstatten dem Herrlichen
schweigend den Zoll ihrer Verehrung.

Die Stimme seines Leuchtens
führt die Schaffenden durch den Tag,

sie bestimmen mit Macht den Lauf
ihrer Unternehmungen und ruhen nicht
bis die geschnellten Pfeile
ihrer Kräfte im Ziel sind.

8
1967
Im Dom der Stille blühen die
Träume in prächtigen Gestalten,
eine fabelhafte Welt erschliesst
sich meinem inneren Gesicht;

Soweit der Wille reicht, vermag
ich ihre Herrlichkeit zu halten,
doch wenn er fällt, bin ich ein
irrer Wandrer ohne Licht.

Im Schauen weitet sich der
Sinn zu hellen Aetherräumen,
die bunte Erde schwebt im
Glanz des vollen Feuerstrahls;

Zeitloser Flug, nie will ich
deine Leichtigkeit versäumen,
du bist -wie im Gebet- das
Überwinden eines engen Tals.

9
1967
Ich war tot. Und bin
zurückgekommen. Ich habe Gott angeschaut. Und das Leben
hat mich weg vom Schlüsselloch gezogen.

Seitdem hängt
in der Galerie meines Erinnerns
ein Bild von IHM.

Und gleich den sinnenden Lippen, welche nie vergessen
wen sie berührt haben, bewahren meine Augen
jenen ergreifenden Anblick.

Mitten im täglichen Jahrmarkt
führen mich die Heimwehkräfte vor das erhabene Gesicht.
Dort harre ich aus

Solang es meine Fähigkeit vermag
und im Schauen /
strömt der Hauch des Göttlichen auf mich über.

10
1967
Lobpreisung

Du Christus wanderst
durch die Jahrhunderte hinauf mit uns
ohne jemals müde zu werden.

Durch das Mittel Deiner
unsichtbaren Gegenwart fliesst ein Strom
unendlicher Güte auf uns über.

Mögen wir in unserer
Beschränktheit Dich noch so lang verkennen,
Du bleibst der Hort für uns

zu dessen Höhen wir
vom starren Griff der Welt mit Adler-
schwingen fliehen dürfen.

In Dir ist alles gut.
Im freien Raum den Du uns öffnest
atmen wir ohne Gefahr

und unsre Sinne fühlen sich
im reinen Wesen Deiner Göttlichkeit
geborgen

11
1969
Herr,
vernimm den winzigen Klang meiner Stimme,
dass ich lobsinge Dir inmitten des Erdentals.
Rundum Bedrängnis erfahrend, auf die Folter
der Tage gespannt, gejagt und gerissen, von
der Bürde der Pflichten verletzt taumle ich -
hoch und verkünde Dein Lob, Vater der Welten.

Von Deinem Atem umhüllt und durchdrungen
bin ich Dein Eigentum, die Gestalt Deines
Willens, der schneidende Kiel, der die Wasser
des Lebens durchpflügt, unaufhaltsam durch die
Tage und Nächte, trotzend gewaltigen Winden.

Und über meinem zerschundenen Ich, frei
gewendet zum steigenden Licht hebt sich das
reine Geschöpf der Andacht, der eherne
Engel vom Schiffsbug empor und singt,
in Gezeiten von Leid und Liebe, die Töne, das
Klingen zu Dir, Allgewaltiger, in einigem Jubel.

So schön bist Du, Herr, im Gewande der Welt,
in den Meeren aus Wasser und Hoffnung, im
blühenden Wohnland, dem Treiben von Strömen und
Zeit; Sei - unendlich kraftvoll verbreiteter
aethrischer Lichtgott - gepriesen und gebenedeit.

1969
Am Ufer der Aare zu träumen gefällt dem
empfindsamen Jüngling. Das Baden im ziehenden

Strom erlabte sein Wesen und strengte den
Körper doch an, dass die folgende Ruhe
ihm doppelt gefällig erscheint.

Nun lächelt das Kind der zerrinnenden Zeit;
es fühlt sich geborgen im Atem der märchenhaft
stillen Natur und geniesst ihren blühenden
Wohlklang von Düften und Farben.

Gar zierlich bin ich mit sprossenden
Däumen umstellt; mir gehören die zwitschernden
Völker von Vögeln in grünenden Räumen aus
Blattwerk; Libellen, Mücken und Blitze von
Licht im Geviert einer heiteren Welt.

So unbeschwert wie ich rede ist mein Gemüt,
es liegt mir die Milde der Sonne im Blut
und die Stelle am Fluss, wo noch jede Bewegung
von Wasser und Wind sagt: das Leben ist gut.

13
1971
Licht und Freude
strahlendes Bewusstsein
jubelnde Freiheit
grenzenlos im All der Gedanken

Lebenslust
Begeisterung des Tuns
Keim der Entfaltung
Hoffnungsstern - Erde

Sinnbild der Wiege
schwebend
im Aether der Himmlischen
bergend allherrliches Menschentum

Liebe: Elixier der Läuterung
Gnade der Seienden
göttliches Hochgebot
ewiges Alfa und Amen der Welt

14
1971
Trari, trara, passiert es dir auch, dass du am Morgen
früh erwachst auf deinem Lager und ohne ein Mückschen
Bewegung ruhig daliegst im seidenweichen Meer von
Stille und Frieden. Und dass der erste Laut im erwachenden Morgenäther jene zage, liebliche Stimme ist,
die unser Herz so wunderbar erfreut: die eines Vögeleins
das in seiner Unschuld nicht ahnt, welch paradiesisches
Entzücken es im Raum verbreitet. Und dann vier, fünf
weitere gefiederte Lieblinge des Herrn entführen
vollends deine noch vom Leib gelöste Seele in den Zustand
glückseligen Schwebens. In solchen Minuten erreicht
unsere Menschlichkeit Höhen der Vollendung, des reinen,
sonnengleichen Seins weit über den Alltagsnebeln, dass
wir wie von hundertfachen Kräften des Erkennens genährt
ausrufen möchten: Oh, Du über alles erhabenes, göttliches
Wesen, in dem wir leben und sind, welche Fülle hast Du
uns gegeben; welche Möglichkeiten des Glaubens, des
Erduldens, der Freude, Verzweiflung, Ohnmacht und
der unbeirrbar leuchtenden Liebe: empfange Du in dem
Augenblick, solang wir dazu fähig sind, den kindlichen,
zärtlichen Dank dafür, dass wir leben. Lass doch an uns,
wir bitten Dich inständig, das von der ganzen Schöpfung
Ersehnte geschehen, dass wir in ständigem Wachsen
aufsteigen zum Sein und Ruhen in Dir, zur ewigen Schau
Deiner Herrlichkeit; denn sie allein kann der Sehnsucht
unserer Herzen genügen.

15
1971
OSTERN
Was bist Du traurig, guter Herr?
Siehe, es leiden mit Dir die zahllosen
Scharen Deiner Geschöpfe; alle belastet
ein Kummer, eine Enttäuschung, ein Tod.
Herr, welches Weh steigt auf
zum milden Spiegel Deiner Augen?
Dass sie Deine Worte überhören? Achtlos
vorbeigehen am lieblichen Rosenfeld?
Ihnen der Jahrmarkt mehr ist, als die
blühende Schönheit? - In Demut neigst Du
Dein Haupt, oh Herr, vor ihrem Schwachsein,
ihrem Unglauben, ihrer Verzweiflung.

Deine Hoffnung aber bleibt, ohne Grenzen.
Mit der unwandelbaren Sicherheit des
Nordsterns bist Du da und verkündest
die lichte Botschaft des Heils;
gleich den schlagenden Wellen des Ozeans
pochst Du schon am frühen Morgen
ans Gestade ihrer Herzen; strahlender als
der immense Feuerball der uns den Tag bringt
steigst Du auf aus dem Meer der Nacht
und erfüllst das Weltall
mit Klarheit, Herrlichkeit,
jubelnder Freude und unendlichem Licht.

16
1971

Himmlisches Jerusalem
Lichtschloss
kristallene Stadt
in Durchsichtigkeit strahlend

Deine Mauern sind ohne Makel
fest gefügt und auf
deinen Zinnen wehen
die Banner der Klarheit

Innen aber funkeln
weithinreichend
die Fliesen der Strassen
wie lauteres Gold

In Palästen von Silber und Glas
sind prächtige Höfe und
Brunnen, Fontänen von
Edelstein speiend

Deine Bewohner umgibt
nie versiegendes Licht,
am azurenen Bogen glänzen
ihnen allzeit die Sterne

Ihre Augen schauen
Gott an. Und fasziniert
vom Glanz der
vollendeten Schönheit

Verweilen sie, ohne
die Stunden zu zählen,
in der allherrlichen
Harmonie des Friedens

17
1972

Die Engel sind uns naher, als wir denken. Heute früh, in den ersten Stunden des neuen Jahrs, als ich allein war, beschlich mich plötzlich eine unsägliche Mutlosigkeit. Mein armes Menschenherz wurde wie von Todesschatten bedeckt; im Nu hatten mich finstre Gedanken in den Zustand massloser Trauer verwoben.

Da betete ich. Und es muss ein so klagender Hilferuf von meinem Inneren zur Welt der Geister aufgestiegen sein, dass irgendeiner, den ich nun Engel nenne, sich meiner erbarmt hat.

Was war das für eine wundervolle Tröstung: zu erkennen, dass ich nicht allein war und verlassen, dass die Natur die mich zum Leben gebar sich um das Menschenwesen kümmert und der ermatteten Seele Hilfe gewährt. Wie lebt ich auf als ich wieder erkannte, wie die Fügungen des Schicksals: Fugen von Klang sind, von einem Meister komponiert und durch ihn aus dem Chaos zu Gebilden der Anmut erhoben.

Ja, alles was das Menschenherz bedarf, ist die Fähigkeit zur leidenschaftlichen Hingabe an die Sinfonie des Lebens, in der wir mitschwingen seit der ersten Minute unseres Daseins. Dann wird auch das Abgründigste, unfassbar Drohende noch vom Schimmer des Wissens verklärt, dass jedes Einzelne was uns geschieht, eine Nuance ist, eine Farbe, ein Klang im Gesange der Welt; und nach dem Willen des Meisters muss sich sein wogender Rhythmus in Schönheit vollenden.

18
1972

In der Entwöhnung vom sorgenvollen Denken des
Alltags vollzieht sich im Menschen ein vogelgleicher
Aufschwung in die Reiche göttlichen Freiseins.
Sein Blick übersieht weitere Kreise und Zeitläufte
als die seines gegenwärtig beschränkten Lebens
und er beginnt in seinem Bewusstsein teilzuhaben an
der über alles erhabenen Gestaltung der Welt.

Mit dem Mut dessen der alles einsetzt um e i n
höchstes Ziel zu erreichen, wirft er sich in den
hinreissenden Atem des schöpferischen Geistes und
gestaltet mit Ihm in unablässigem Bemühen das
erhabene Werk, dessen Anfang und Vollendung
nur dem Gesetz der Begeisterung folgt.

Aufjauchzendes Wesen aus dem Meer von Myriaden
ist d e r Mensch, dessen Seele, vom Sonnenkuss
der Erkenntnis berührt, aufblüht zu berückender
Schönheit. Kämpfend und dienend im Strom der
Ereignisse untersteht sie nicht mehr dem Zwang der
Besorgnis; niedersinkend oder siegreich im Lebens-
kampf ist sie doch unantastbar geborgen in der Glorie
dessen, der schon in den Saum seines Wesens
Sterne und Welten wie betörendes Schmuckwerk webt.
Ihn meint sie, wenn sie in Jubel und Andacht das
Lied der Verherrlichung singt, Ihn preist sie in der
Kraft ihres reinsten Vermögens. - Oh, gesegnete
Stunde, in welcher das Licht über die innere Landschaft
fliesst, oh Glück der Verheissung holdselig,
paradiesischer Zeiten.

1972
Du herrliches Leben
allumfassendes Prinzip
Puls der Welten

Ins Fluidum deiner
Wirksamkeit gebettet
ist jedes Geschöpf

Genährt von deinem
kraftvollen Atem
gedeiht jegliches Wesen

Und wie mit Sonnenlicht
von dir durchflutet ist
der feinsinnige Mensch

Mit dessen vollendeter
Gestalt du die Bemühungen
von Aeonen krönst

Alle geschaffenen Dinge
wiederspiegeln sich in
seinen glänzenden Augen

Ihn lässest du ahnen
welch überragendes Vermögen
in dir wohnt

In der Morgendämmerung
seines Bewusstseins
öffnet sich ihm

Deine Fülle
dein Innerstes Wesen
dein strahlendes Ich

20
1972

Tot, liebes Hündchen, tot. Ärmer das Haus.
Verstummt deine einfache Stimme, die uns
doch immer gesagt hat was dein
Hundegemüt täglich bewegte.

Freudengebell der Begrüssung, drohendes Knurren,
wenn du am Knochen nagtest, energisches
Schimpfen, dass dir die Tafelnden noch
keinen leckeren Bissen gereicht.

Und dann langgezogenes Heulen, wenn dich die Meisterin
allein in der Wohnung liess; durch Mark und Bein
drangs, dass sich das Herz deiner
Verlassenheit liebend erbarmte.

Stunden friedlichen Schlummers taten dir wohl; dann und
wann kam zu den Ohren ein Seufzerchen oder
ein Glucksen, vielleicht eine Botschaft
von seligen Hundeträumen.

Vorbei. Dein Flämmchen erloschen. Vorbei, dass ich leise
den Namen dir nannte - du kamst und hiessest dich
krauen. Nur ein Hündchen warst du und doch für
ein Weilchen im Leben ein treuer Begleiter.

Ja, deiner Meisterin, meiner Mutter wirst du fehlen. Sie wird
deinen Tod mit sanfter Trauer umgeben. Ihr, die dich
zärtlich "Fleckyli" rief, bist du beinahe so lieb
wie ein Kindchen geworden.

21
1972
Euch Sterne, ins unermessliche
Gewölbe der Nacht gesetzt,
sah Beethoven, als er seine
vollkommenste Klaviersonate schrieb

Derweil er Note zu Note setzte
erhob sich seine Sehnsucht
in eure Höhe und so wurde er
inne der Sprache die ihr sprecht:

die der Sphärenklänge

Und was er vernahm muss über alles
schön gewesen sein, denn schon
der Abglanz davon, der feine Schimmer
der in seine Musik floss

Versetzt unsere Seele in andächtiges
Staunen, in ein Fromm sein, eine
wunderbare Ahnung von der
urewigen Harmonie des Alls

22
1973
Der Künstler
Die Melodien die er vernimmt entfliessen dem Gefühl
inneren Friedens. Geborgen in urewigen Räumen
himmlischer Gelöstheit ist er träumend und wachend
in Freuden der paradiesische Mensch, dessen Schicksal
in den Händen Höherer ruht, das erwählte Werkzeug
ihres Bemühens. Sorglos, im Teich der Sorgen,
getragen vom Element des Versinkens wie die Rose,
darf er leben und heitere Schönheit verströmen.
Von ihm zu den Wesen der Schöpfung kommen die Worte

wie Sprechen des gütigen Vaters zum Kind: sie empfangen
die Sage, des Märchens Geraun und das Sinnbild
in ahnendem, gläubigem Staunen. Er führt sie,
die Taumelnden, sicher zum Strand wo sie trinken,
er schützt die Bedrohten vor Unheil und schenkt ihrer
Unrast die lange ersehnte Befriedung. Weil ihn der Schoss
der Sicherheit birgt, kann er bergen, da ihm die
Sonne der Gläubigkeit leuchtet, kann er Helle und Hoffnung
verstrahlen. Von göttlicher Einsicht geführt, lenkt er
die Irrenden wie der Hirt die Schafe zu sicheren Gründen.
Von keiner Absicht beengt, weitet er im Fluss der
Gedanken das Tal und beschert den Hilflosen das Heil
an grünenden, blühenden Ufern. Sein Schaffen verkündet
die Kräfte des Herrn dem er dient und sein Werk zeugt
vom Wesen des Ewigen.

23
1973
Auf Erden singt
ein reifender Mensch
die Verherrlichung
des höchsten Wesens

Vier Jahrzehnte lebt er
vielbeschenkt von Ihm
dem Spender aus der Fülle
aller Geschöpfe Atem

Der Herrliche legt zu des
Menschen Füssen die Natur
liebreizende Blümchen
sonnenglitzernden Schnee

Er spendet ihm
Verstand und Denkkraft

der edlen Sinne
meisterliche Gaben

Lieb und Güte
ein fühlend Herz
und die Sehnsucht nach
lichten Himmelsräumen

Wo atmest Du?
Hier und allüberall
Da entbrennt ihm
im tiefsten die Seele

Vater hab Dank. Eines
Mannes Gebet empfange
bei Dir und sein kindlich
frohlockendes Jauchzen

24
1973
Befreiung will der wirkende Gott
im Menschen. An's Tor seines Bewusstseins
pocht Er Tag um Tag. Bald heftig, bald
sanft, unüberhörbar ruft Er:

Oeffne mir die Schleusen
Deiner Gehemmtheit, erlaub dem
drängend gestauten Strom
dich mit Göttlichkeit zu überfluten

Im Freudentaumel der Hingabe
verkündet Er dem inneren'
der Schöpfung Herrlichkeit, den blühenden
Urgrund unzählig gewandelter Welten

Er lehrt dich, dem Neuen,
unendlich Erhabenen, das du empfindest
einen Namen zu geben, das bedeutende Wort
aus dem immerfort Klang und Begeisterung strömen

Schau in die Weite, merk auf,
wohin der Blick geht, siehst du Wesen
voll Anmut und Leichtigkeit in sich
den Beweis der Vollendung tragen

Lausche, oh Mensch, ihrem Mund
horch ihrem Sang und vernimm wie sie
einhellig dem bildenden Schöpfergott
Hosianna, Hosianna entbieten

25
1974
Ein kosmisches Ereignis ist es,
wenn zwei Menschen sich wahrhaft finden,
wenn des einen Zärtlichkeit zum anderen
gleich der Vermählung zweier Ströme zum
einen liebvollen Wesen wird, zur Liebe
an sich und zur Erkenntnis des allerfüllenden
göttlichen Seins. Nicht mehr die liebenden,
kleinen Geschöpfe umarmen sich und vergehn
aneinander, aber der Gott wirkt in ihnen
und gewahrt vom einen zum anderen sich
selbst. Seine Freude ist es und seine Lust
der Begegnung, des Verschmelzens, des
Ueberfliessens aller Kräfte und Säfte, wie der
Vereinigung der Seelen im strahlenden Licht.
Dass er sich selbst wieder findet, der Gott
der zerstreut war. Dass eine Zelle am
gekräuselten Rand seiner Einheit wieder
verschmilzt und eingeht in den Bereich seines

unaussprechlichen Friedens. Diesen so
kostbaren Moment, diese erleuchtete Stunde
nenne ich Ereignis kosmischen Ranges, denn
es geht voran der ersehnten, allgemeinen
Vereinigung der Gestalten und Mächte im
Ozean der Liebe, im All des Verstehens, in
der heiligen Gemeinschaft derer die sich im
Geben vergessen, deren Wesenheit Millionen
umfängt und die wieder das Glück und den
Bruderkuss aller Geliebten empfangen.

26
1974
Morgenlicht
Lobgedicht
Sonnenwärme
auf den Fluren

Himmels Bläue
zieht auf 's Neue
unser Herz
zur Freude Spuren

Dankgebet
hingelegt
in die Hand
der Göttlichkeit

Still geahnt
unverwandt
sei Dir unser
Sinn geweiht

Alles Sehnen
fliesst in Strömen

zu des Aethers
lichten Zonen

Wenn wir glauben
wie die Tauben
dürfen wir
das All bewohnen

27
Meditation
Hebe das Gold aus dem inneren Schacht,
faszinierender wird es dir glänzen, als das spröde
Metall, dem wir so fleissig Verehrung erweisen.
Entzückender als Diamanten sind die Schätze
die wir aus Grüften der Seele zum Licht der
Erkenntnis erheben. Selbstbewusstsein, Furcht-
losigkeit gegenüber Leben und Tod, göttliche
Gnaden und Freuden, helle Freuden umfluten uns
im geheiligten Raum unseres Daseins.

Wieviele Jahre verleben wir bis zum Gelingen
der Öffnung, dem Blühen der Friedenslilie, dem
Dankgesang aus überfliessendem Herzen. Durch
wieviel Finsternis müssen wir gehn, noch eh ein
Schimmer von Licht uns erleuchtet, uns kundgibt
die ewige Helle, den Morgen der Zeitlosigkeit.
Lächeln, lächeln in stillem Frohsein ist unser
Teil am Tag der Geburt zum Lichtfest des Ewigen.
Getragen von Schwingen sanfter Musik gleitet das
Wesen vollendeten Gleichmuts dahin und durch-
schwebt das erhabene Schweigen des Aethers im
Atem der Ewigkeit. Silberglänzende Meere des
Seins die uns bergen, Geheimnis des Lichtgottes
das uns umfängt, unverwandtes Gewahren lieb-
vollen, heiteren Lächelns. Die Tugend erscheint,

die Schönheit, gewappneter Mut und der Schwung
der Dynamik. Im Rhythmus unwandelbarer Gesetze
sehn wir Gestirne und Elektronen durchkreisen
das All, und erfüllt sind sie selbst von der
lenkenden Hand, dessen Zügel höchster Präzision
ihren Lauf durch Jahrtausende fehllos bestimmen.

Oh Fülle des Seins, o betende Seele, auf den
Spuren der Freude gehst du, o strahlende Sonne
im innersten Wesen, gebenedeit dein Vermögen,
Spenderin lichtester Klarheit bist du. Geahnete
Quelle des Lebens, ich beug mich und trinke und
atme von Deiner unendlichen Majestät. Dein
Gesandter bin ich, Vollbringer Deines Begehrens.
Vom silberglänzenden Lichtstrahl geführt durch-
schreite ich die Tiefen der Welt ohne zu wanken
und lächle dem geöffneten Rachen der Lebens-
ereignisse Gleichmut zu. Hilfe und Schutz sind
Deine Namen und wo ich geh oder steh wird
mich Deine Allgegenwart liebender als jedes
andere Hiersein, umsorgen.

28
1974
WEIHNACHT
Welche Saiten klingen in dir auf, wenn
dich der Name -Weihnacht- anrührt?
Erkennst du unter vielen Stimmen, die
dich laut umschrein, die sanfte, liebliche
der Freude? Willst du nun endlich
still sein und dein inneres Gehör dem
Ruf des Friedensfürsten weihn?

Er kommt. - Und mit Ihm zieh'n Frohmut,
Hoffnung, Zuversicht und alle guten

Gaben in dein Herz. Das Hohe, Lichte,
dem du angehörst, umhüllt dich; Ihm voran
gehn Helligkeit und Strahlen und
lassen dich das Lächeln Seiner Wangen,
unbeschreiblich schön, erahnen.

Vernimm Sein Wort: es ist der Tau, den
deiner Seele Landschaft gern empfängt,
der Regen den sie durstig aufnimmt
und der Balsam der die Vielzahl ihrer
Wunden heilt. Zu Ihm, dem Liebenden der
Menschen, sollst du dich wenden und
erfahren wie innig Er dir nah ist.

Erkenn' den Herrlichen von Gottes
Thron, den Mächtig-Gütigen, des Arm
dich sicher leitet, der alle Furcht
besiegt; folg Ihm, dem Künder neuer Zeit,
der vor dir hergeht in glänzender
Unsterblichkeit, der Lichtgeborene
will dich zur Sonne führen.

29
1975
Aus dem Glück der Stunde bist du,
mein schöner Gedanke, geboren.
Abendzeit, innerer Ruhe, stillen
Weilens im traulichen Raum.
Gelöst sind Glieder und Geist
und munter fliessen Gedanken
wie silberne Wasser im Bächlein.
Geglättet die Seele, heiter das Gemüt,
geöffnet dem Hohen, Holdseligen
das dich umfangen will.
Wie Märchengeraun empfindet dein Ohr

die Sprache der Stille und
heiter klingt alles, wie Saiten
von zärtlichen Bogenstrichen berührt.
Reden so die liebenden Götter zu dir,
die du ahnst, die dir nah sind,
oh, wenn du wüsstest wie sehr?
Komm, gürte mit Freude und
Hoffnung, mit Glauben dich;
steig in den Wagen
den feurige Rosse ziehn.
Ihr Weg ist der Aether
ihr Ziel hoch überm Horizont
und ihrer Hufe Gestampf reines
Gespiel. Denn ihr Wille enthebt sie
der Schwerkraft, ihr Wunsch
ist allen Gesetzen Befehl.
Und sie führ In dich, die Feurigen
geschwind wie der Wind
zu himmlischen Auen
zu Sphären von Leichtigkeit
Tanz und glückseliger Melodie.

30
1975
Weihnacht
Züngelnde Flammen schauen und
schweigen vor dem beseligenden
Spiel der lichten Kobolde
auf den ruhenden Scheitern

Sanft umfangende Wärme spüren,
sich geborgen fühlen im befriedenden
Strom; inne werden der Fähigkeit
tiefen Empfindens

Den erles'nen
Geschichten lauschen die
uns das glühende Holz erzählt

Zum Leben erwachen
in Dem der uns liebevoll
leitet und in Seinem Atem erhält

31
1976
Ein Kind
entfaltete Blüte am Lebensbaum
lieblich und zartes Gebild
aus Stoff der Natur
dessen Seele
von Sphären des Ewigen trunken
im taufrischen Wesen
leuchtet und strahlt

1972
Mutter und Kindlein
Sie lullts an ihrem Herzen ein
singt ihm leise, leise
bis träumend ruhn die Aeugelein
eine kleine Weise
Liebend senkt sie ihren Blick
zu dem zarten Wesen
dem sie hütet das Geschick
das ihm Gott erlesen
So ist wohl die ganze Welt
liebevoll behütet
von Dem der sie aufgestellt
und sie stets vergütet
Lasst uns danken Seiner Gnad
die wir all erfahren

seit Er uns dem Leben gab
diesem Wunderbaren

32
1976

Dir weih ich Herz und Sinn
Glauben und Singen,
geb mich der Ruhe hin
in Deinen Schwingen

In mir hat aufgehört
wirr durchzureden,
was mich zur Welt betört
in meinem Leben

Dein ist das Traumgemach
das ich erstrebe
komm führ' mich allgemach
in Deine Schwebe

Dass mich der Schlaf erlös
von allem Sorgen.
Sei meiner Seel nicht bös
schenk ihr den Morgen

In neuer Seligkeit
in Deiner Hut.
Dir ist mein Sinn geweiht
alles ist gut

33
1976
Vater vor Dir knie ich
fleh um Deine Gnade
Vater komm, erziehe mich
bis ich Deine Früchte trage

Lass mich lächeln leis vor Dir
weil ich Deine Nähe fühle
Deine Kräfte helfen mir
still zu werden im Gewühle

Nur zu Dir den Blick erhoben
hoff ich Dein Gesicht zu sehn
bist in alles einverwoben
fass ich Dich - musst Du verwehn

Wenn ich hilflos vor Dir warte
lass' das Denken untergehn
dann, ja, wendest Du die Karte
und ich darf Dein Wort verstehn

Aus dem Nichts entsteht das Werde
im Gewand der Leichtigkeit
fällt mir zu das hohe Erbe
Deiner Schöpfer - Tätigkeit

Ueberglücklich von dem Segen
der dem Geber wohl entspricht
weih ich Dir das schöne Weben
im vollendeten Gedicht

34
1976

Mit klaren Sinnen
betracht ich die Welt
als wär ein Neubeginnen
in sie gestellt

Ein Auferwachen
zum hellen Tag
ein Glanz der Sachen
der innen lag

Ein fliessend Strahlen
breitet sich aus:
des Lichtes Malen
im Sternen Haus

Urform ist da
göttlichen Gebens
mit Leuchtkraft versah
Er die Fäden des Lebens

Das Weben im All
schön ohne Fehle
findet den Widerhall
in meiner Seele

Was Du getan
in allen Sphären
ich schau es an
mir strömen Zähren

Nichts brauch ich tun
als tief im Schweigen
in Dir zu ruhn
Dir ganz zu eigen

35
1976

Rein ohne Makel ist mein Ich
von göttlichem Geblüt
in Ewigkeit erhält es mich
mit Glück erfüllend das Gemüt

Erkenn ich es im rauhen Tag
fällt nieder das Getriebe
es leuchtet was ich schauen mag
im Aetherglanz der Liebe

Es bringt der Freiheit Zier
ins Menschenherz hinieden
den Himmel öffnend hier
verschenkend sel'gen Frieden

In Vaters Hand geborgen
geh ich den Pfad der Welt
von Ihm ist es erworben
das Ruhn im sichern Zelt

Die Weisheit der Gedanken
geht aus dem Ich hervor
es überwindet alle Schranken
und findet ungesäumt das Tor

Dem Höchsten zugewandt
gibt es sich selig hin
mit ihm ist es verwandt
erfährt das Wort: Ich Bin

Da hebt ein sehnend Streben
ein stetes Zueinander an
ein Nehmen und ein Geben
auf unerhörter Bahn

36
1976

Weil der Gnade Finger mich leitet
eil' ich wie's Kitzlein dahin,
sind mir grünende Filde bereitet
wo ich beheimatet bin

Ruhn darf ich da unter Palmen
im Atem der Lüfte mich sehn
erleben die schweigenden Almen
durch Haine von Fruchtbäumen gehn

Lieblichkeit schmückt alle Auen
mit heiter und hoffendem Sinn
darf ich das Schöne erschauen
den wunderbar ew'gen Beginn

Wo der Frühlinge Glocken uns läuten
wo Sonne die Tage uns weiht
und alle Gebärden uns deuten:
wir sind nur zur Freude bereit

War ich soeben im Träumen?
war es die seiende Welt
die ich schaute in lichtvollen Räumen
die mir wie im Märchen gefällt?

37
1976

Zerstört die Blüte
turmabwärts ging der Flug
nicht Gottes Güte
Verzweiflung kam zum Zug

Der Aufschlag den du littst
zerschlug den Kern des Lebens

oh, dass du nie betrittst
den Pfad des sücht'gen Bebens

Nun steht die tiefe Reu'
in deinem Herz geschrieben
du musst beginnen neu
den Weg zum Glück hinieden

Nach tiefem Schlaf in Seiner Hand
entlässt er dich zu neuem Leben
oh Geist, behüte dann das Pfand
das er dir mitgegeben

Dein Leib gehört nicht dir allein
des Schöpfers Sein ist ihm verwoben
du bist ein Glied in dem Verein
der Menschengottheit auf dem Boden

Wenn du zu neuer Schönheit blühst
kannst du dich voll bewähren
bis dich der Freude Lächeln grüsst
in hohen, lichten Sphären

Komm doch zu Dem der alles lockt
der läutert deine Triebe
Ihm, Reis, sei fürder aufgestockt
im ew'gen Kreis der Liebe

1976

  Elegisch Trauern bricht hervor
  als ging ein Schauern durch Mein Tor
  Die schöne Seel' bedeckt ein Weh
  des Leids Befehl ist was Ich she

Ich wollte Tugend wohl gestalt'
in holder Jugend frei entfalt'
Ein Misston kam ins helle Haus
das Schaden nahm sein Licht ging aus

So bleich und tot liegt die Gestalt
die warm und rot noch suchte Halt
Mein liebes Kind Ich hab Erbarmen
Verbergung find in Meinen Armen
An Meinem Herzen sei liebkost
entschlaf den Schmerzen sei getrost

39
1976
Aufschrie mein Herz bevor der Abgrund
sich öffnete dem Schmerz in meiner Wund
Das Leben tat mir weh verloren war ich bald
ein irres Reh im ausweglosen Wald

Den Eltern dort war ich das Kind
das floh den Ort wo es nur Tränen findt
In Windes Atem wollt ich sein
war doch geraten zum Glücklichsein

Weh meinem Tun zerbrochen ist der Stab
nicht kann ich ruhn bis ich gesühnet hab
Wer gibt mir Armen linden Trost
wo klingt Erbarmen, bin ich liebkost

Vielleicht das Bitten um Gottes Rat
heilt noch die Sitten die ich zertrat

40
1976

Die Zeit vergeht
in stetem Eilen
das Jetzt besteht
aus ew'gem Weilen

Sei eingedenk
dem hohen Wirken
mit dem Ich lenk
des Alls Bezirken

Sie stehn zugleich
vor Meinem Sinn
erfülltes Reich
vom seienden Ich Bin

In tiefem Frieden
birgt mein Zelt
den Schatz hinieden:
hehre Welt

Sie will Ich sehn
in hellen Sphären
will ihr Bestehn
zum Licht gebären

Zu stetem Trauen
frei von Leid
und innerm Schauen
heil'ger Freud

Nach vielem Tun
bewegter Zeit
zum reinen Ruhn
in Ewigkeit

41
1976

Glanz und Glorie
liegt in der Gunst der Zeit,
vom Schloss der Musen
tröpfelt Ewigkeit

Gottvater spiele die Leier
zum Sonnenaufgang,
begleite die Bahn ihrer Strahlen
mit Sängen von Wohlklang

Da nun die Schöpfung gebadet
in Wärme und Licht,
lächelt von Sorgen befreit
das Menschengesicht

Welt, der Allmächtige
sendet dir Friede,
in Demut ergib dich
der strömenden Liebe

42
1976

Gequält am Leib
doch frei im Willen
ziel ich zur Ewigkeit
sie muss ich füllen

Vor aller Zeit bereit
für das Gelingen
such ich Geborgenheit
in Deinen Schwingen

Mild vom beschränkten Tun
im engen Hier

blüh ich zum Priestertum
hinauf zu Dir

Schneid mich vom Stiele los
im Tal der Erden
Du ganz allein machst gross
vor dem Verderben

Wach an der Leidensstatt
mich zu erlösen
ich bin von Duldung satt
endlosem Dösen

Klinge wie Glocken rein
spende mir Mut
in diese Nacht hinein
sei doch so gut

Gib bald den Frieden
den ich ersehn
komm Schlaf hinieden -
und Auferstehn

43
1976
Künde des Schöpfers Lob
singe sein Walten
werd' selber froh darob
in Herzens Falten

Des Sanges Lauf
greif was er kann
nehm' Menschen auf
in seinen Bann

Zum Jubel vereinen
soll selige Schau
das was sie meinen
in innerster Au

Von einigen Stimmen
zum flutenden Chor
klings zu den Zinnen
des Schöpfers empor:

Das wogende Jahwe
aus betendem Mund
des Völkerbunds Ave
im Erdenrund

Vernimm seine Zier,
in Deinem Befinden
lass Töne das Hier
mit dem Dort verbinden

Sie selber gehn ein
mit ihrem Wallen
zu freudvollem Sein
in des Vaters Hallen

44
1976
  Steig in den Wagen voll Glück
lass fahren die Zügel
den Sorgen der Erde entrück
fliehe die Meute der Uebel

Vom hüben zur Sonne geschnellt
sei der Reise Beginn

im Gefährt das der Wille gestellt
und feurige Bosse ziehn

Sei im Lichte geläutert
vom gleissenden Ball
der den Blick dir erweitert
zum Sternen All

Werde zur sausenden Schnuppe
zum Strahl der den Himmel erhellt
dort vor der Orion Gruppe
frei in den Aether gestellt

Ziehe die leuchtende Bahn
Raum durch in schwerlosem Schweben
erfahr was der Vater noch kann
dank Ihm unendliches Leben

45
1976
Deine Freude lass mich singen
jubeln was mein Herz begehrt
Dir ein Loblied will ich bringen
wie es Deiner Hoheit wert

Im Bewusstsein Deiner Gnade
im Gewand der Herrlichkeit
schwebt die Seele auf vom Grabe
findet was Du ihr bereit'

Hehre Weite, weites Dehnen
öffnet sich dem Menschenbild
keine Grenze hemmt sein Sehnen
seine Wünsche sind gestillt

Ist die Erde überwunden
leuchtet Klarheit im Allhier
hat der Mensch sein Ich gefunden
strömt die Freude für und für

Keine Binde vor den Augen
keine Schatten vor dem Licht
Offenbarung folgt dem Glauben
reines Schauen im Gesicht

Ueber Allem thront der Friede
den uns jene Welt nicht gab
Segen strömt im Raum der Liebe
zum Geliebten der sich ihr ergab

Schönes Weilen, kindlich Staunen
kein Empfinden eil'ger Zeit
kein Geflüster, noch ein Raunen
nur der Hauch der Ewigkeit.   1976

46
1976
Gekommen ist die Zeit
Andacht zu halten im stillen Seelendom,
wo uns begegnet Gottes Innigkeit
und wir versinken in heiliger Belehrung Strom.

Wie sorglos sind wir dann, umhüllt von Gnade,
wie unbekümmert um den Gang der Welt,
wir sehn das Kommen, das Vergehn erfüllter Tage,
ein jeder spendet und empfängt, was ihm gefällt.

Im Lichte reinen Strebens strahlt das Gute,
was wir ersehnten ist uns nah,
beseligende Ruh liegt uns im Blute,
vergessen haben wir was uns geschah.

Andächtig lauschen wir den Stimmen
die uns vom Tal zu lichten Höhen führ' n,
dort dürfen Freud und Dank wir singen
die dem Allherrlichen gebühr'n.

In Ihm erfüllt sich der Gesang des Lebens,
zu Ihm drängt aller Herzen Flehn zurück,
dein Sehnen, Seele, war noch nie vergebens,
es hebt dich, unbemerkt, hinauf zum Glück.

47
1976
In unaufhörlichem Schwung
durchgleitet
das Raumschiff Erde
die Bahn seiner Bestimmung,
dem Equilibrium
von Anzug und Fliehkraft
ergeben

Kreisender Globus
ein Umlauf - ein Jahr
um die gleissende Sonnengestalt
deren mächtiges Strahlen
dem Schwebenden
Wärme und lichthelle Tage
verschenkt

In ewigem Gleichlauf
wendet die Welt
sich der Herrlichen zu
und empfängt nach der Nacht
ihren Glanz und das Wohl ihres
Leben verströmenden Wesens.

48
1976

Ich bin der Ewigkeit verwandt
steh hier und dort auf beiden Füssen
von wo ich komm ist mir bekannt
im Dort will ich das Ziel begrüssen

Ein Rätsel Gottes kaum verhüllt
ist mein Bestehn auf Erden
hab' ich der Tage Soll erfüllt
kann ich verwandelt werden

Der neue Zustand steht bevor
frei atme ich in vollen Zügen
ihn zu erreichen ist das Tor
das führt zu ewigem Genügen

Im Nu bin ich zum Sein erhoben
nur ein Gedanke spielt die Wand
alles was hier ist, ist auch oben
des Geistes Augen sehn das Land:

Die Sterngründe weit im Schweben
das helle Licht in der Unendlichkeit
ein selig, hoch erhobnes Leben
im Kreis elysischer Geborgenheit

49
1976

Der Seele Glänzen
hüllt dich ein
tu' es bekränzen
wie Ich meint

Geb' was wir bräuchten
dir zur Hand

leg' hier ein Leuchten
dort ein Pfand

Bewahr die Tugend
die Ich web
zu ew'ger Jugend
dich erheb

Erringe Gleichmut
deinem Reich
beglückend Gut
dem Frieden gleich

Verschön mit Streben
was du bist
in Meinem Segen
steht der Christ

Erhabnes Schauen
ist mein Lohn
in freien Auen
wo Ich wohn'

In sel'gem Zustand
sollst du sein
gelöst vom Weltrand
lieht und rein

50
1976
Ich zog die Menschenhülle an
wollt euch zum reinen Lichte führen
im Vater ist mein Werk getan
Sein hebend Wesen sollt ihr spüren

Ein Beispiel ist in mir gegeben
das Bild erstrebenswerter Klarheit
betrachtet ihr mein Erdcalcbcn
erstrahlt sogleich die lichte Wahrheit

Erklären wollen meine Lehren
die Regeln in der Schöpfung Spiel
Erlöste sind, die nichts begehren
denn zu erfüllen Gottes Ziel

In mir hebt jene Offenbarung
die euch gilt, herrlich klingend an
ergreifen sollt ihr die Erfahrung
die ich der Welt vergeben kann

Kommt her zu mir mit allem Sorgen
ich leih dem zagen Willen Kraft
in mir erstrahlt ein junger Morgen
der in den Herzen Frieden schafft

Was ihr an Kämpfen auch besteht
soll nimmer euch erschrecken
nur was in inn'rer Tiefe steht
will ich zum Blüh'n erwecken

Ihr lebt in meines Vaters Huld
empfangen will Er alle Reinen
Sein Lieben sagt euch frci von Schuld
Ihm sollt ihr euch vereinen

51
1976
  Der Hauch des Abends weht mich an
  die lauten Stimmen sind gegangen

ein Flieger zieht die ferne Bahn
doch bin ich kaum ihm nachgehangen

Mich nimmt die Ruh in ihren Bann
die schön im Raum der Dämmrung wohnt
die mich zu sänftigen begann
und mir das stille Sein betont

Im Frieden schliesse ich den Tag
empfehl mich Gottes Gute
dass mir der Schlaf bald kommen mag
um den ich mich bemühte

Mein Dasein liegt in Seiner Hand
derweil die Augen träumen
und führen mich ins Geister Land
zu fernen, unbekannten Räumen

Befiel Du mir die Engel her
die mich vor Unheil schützen
im unbewussten, weiten Meer
kann mir nur Deine Liebe nützen

52
1976
Mein Sinnen ruht im Sternendom
im stillen Raum des Blinkens
die Sonn' verliess uns lange schon
mit der Gebärde des Versinkens

Die Augen sind der Nacht vertraut
erspähen freudig das Geschmeide
das auf die Lande niederschaut
die ruhn im Schattenkleide

Wieviele Jahre wurden voll
dass diese Erde stehet
und welche Spanne Zeit das Soll
bis ihr Bestehn vergehet?

Nicht unser ist die hehre Welt
wohl suchen wir zu messen
doch keiner ist in sie gestellt
den nicht ereilt Vergessen

Nur der seit Urbeginn bestand
der millionenfache Kreise zieht
kann öffnen und ejitziehn die Hand
durch die das Sein und Gehn geschieht

Erheben wir zu Ihm den Blick
in grenzenlosem Trauen
in Seiner Hut liegt das Geschick
auf das die Menschenvölker bauen

Wie jedes Wasser fliesst zum Meer
und steigt hinauf zu Ursprungs Stelle
so strömt der Generationen Heer
in Ozean des Lebens und hinauf zur Quelle

53
1976
Ostern
Aufstrahlt die Freude
versunken die Nacht
die Hülle von Leide
zur Ruhe gebracht

Seht erstandenes Leben
in strahlendem Licht

sich höhwärts bewegen
wie Er uns verspricht

Des Urchrists Bemüh'n
hat geöffnet die Pforten
zum ewigen Blüh'n
an erhabenen Orten

Seraphischen Kehlen
entströmet Gesang
der Jubel der Seelen
vereint sich dem Klang

Getrocknet die Zähren
vorn Lächeln verwischt
darf Hoffnung gewähren
sich jeglicher Christ

Du sollst nimmer zagen
in hilflosem Bangen
das Höchste zu wagen
in Seinem Umfangen

Dir sind Seine Triebe
zum Herzen gegossen
in Reichen der Liebe
Dein Himmel beschlossen

54
1976
  Ausbreite die Flügel
  entschwebe zum Licht
  über Berge und. Hügel
  im Märchengedicht

Lass der Freude Gespan
dich auf Wegen begleiten
die Göttern sich •nah'n
in unendlichen Weiten

Wo alles erstrahlt
in des Feuerballs Glänzen
helle Bläue sieh malt
ohne Grenzen

Tauch ein in das Bad
von der Sonne bereitet
heilströmendes Rad
das den Himmel umgleitet

Eratme den Hauch ihrer Glut
den sie kraftvoll versendet
sie adelt das Blut
das uns Leben spendet

Verdanke ihr Dasein
dem Schöpfer der Zeiten
empfinde wie rein
ihr die Strahlen entgleiten

Geh ein in Sein Reich
überwinde den Schein
erheb dich zum sonnengleich
leuchtenden Sein

55
1976
  Dir lass uns danken
  erhab'nes Geleit

führst uns ohn' Wanken
zur Herrlichkeit

Spendest viel Gaben
dem Erdenkreis
Leben und Gnaden
verschwendender weis'

Wo wir erschliessen
Dir unseren Sinn
wird sich ergiessen
Dein hoher Gewinn

Du bietest Verschenken
wir nehmen es an
entfliehn dem Gedenken
in unserem Wahn

Verzeih was wir fehlen
oft sind wir zu klein
um Deinen Befehlen
erkenntlich zu sein

Nimm an die Gebärden
geringen Verstehns
die wir Dir gewährten
fast unversehns

Uns Kinder des Schwankens
lass Himmel betreten
mit Worten des Dankens
in schweigendem Beten

56
1976

Heim zum Vater
fliege ich
zum lieben Rater
inniglich

Darf mich erheben
im wachen Traum
zu freiem Schweben
weit im Raum

In Deinem Glanze
seh ich klar
wie hehr das Ganze
ewig war

Dein Walter bin ich
in bunter Welt
bin als Entfaltet'
in sie gestellt

Hirt meines Lebens
ohne Harm
meines Bewegens
starker Arm

Ich kann Dich sehn
in meinem Schreiten
zum aufwärts Gehn
den Weg bereiten

Alles Beginnen
fällt Dir zu
ich geh von hinnen
in Deine Ruh

57
1976
Verklingen will
der bunte Tag
wir flehn
zu Gottes Güte

Was auch der Schlaf
uns bringen mag
dass Er
uns wohl behüte

Die Stille wandert
durch die Welt
sucht sich die
reinen Seelen

Die nimmer tun
was Ihm missfällt
will sie in
Seinen Schutz befehlen

In Ihm darf jedes
gute Herze ruhn
in Seiner Hand
sich wiegen

Darf fröhlich zu
die Augen tun
und sich ergeben
Seinem Frieden

58 1976
Im Sein erlangen wir von Gottes Art
aus Seinem Schoss geboren

wie Kinder Seinem Ruhm bewahrt
die Kräfte die Er uns erkoren

Ein neuer Menschenstamm entsteht
den sich der Geist erdacht
er soll gehorchen wo er steht
und dennoch kennen seine Macht

Im Lichtstrom der die Universen füllt
ist unermessnen Weiten er verwoben
vom Glanz der Ewigkeit umhüllt
zu höchsten Sphären aufgehoben

Gebrauchen soll er dieses Gut
zum Segen aller Erdenwesen,
worauf sein königliches Tun beruht
ist Gnade die ihm auserlesen

Nur in der Gottheit wirken
Ihr dienend in der Welten Rund
mit Ihr vereint in ewigen Bezirken
geziemt dem Menschen Bund

In diesem Bündnis liegt das Ziel
vor unser Sein geschrieben
in Gottes Fülle wird zum Spiel
was wir vollbringen im Hienieden

In Ihm versinkt das Hier und Dort
Er lässt die Zeit zur Ewigkeit verströmen
Sein göttlicher l3efehlwird jeden Ort
mit glänzender Vollendung krönen   1976

59
1976

Man weiss wie die Götter leben: im Zustand
vollendeter Harmonie. Schweigen und
Sonnenwärme, Licht und Weiten des Alls
sind Elemente ihres glückseligen Daseins.

Weder Zeit noch Hier und Dort erreichen
die Schwelle ihres Bewusstseins; allüberall
und nirgends ist ihr Wohnen und jeglicher
Schatten von Verlangen wird durch die
Klarheit ihres umfassenden Schauens weit
überflogen; keiner Not Gedanke berührt
auch nur den Saum ihres strahlenden Wesens.

Aufgelöst ins Meer ton Myriaden Atomen und
gegenwärtig in jeder Zelle der Erscheinungen
der Welt sind sie selber nichts und alles und
erwählen sich die Form oder Gestaltlosigkeit
ihres allvermögendeh Gehabens.

Unbewegtes in sich selber Beruhn sind sie,
kraftvolle Mitte, der Sonne vergleichbar,
Spender aus der Fülle, Gebieter höchsten
Ranges und Beschützer dessen, was in ihrem
Denken wuchs und voll Grazie in lächelnder
Schönheit besteht.

Alles ist göttlich durch sie, die sich auf Erden
selber zur Blume gestalten, zum Tier und
zum adligen Menschen; in allen lebt bildend
und heilend der Hauch ihres Atems.

Doch die Welt wird zum Sandkorn vor dem was
sie sind. Keiner der Sterblichen kennt ihren

Namen, nur zieht eine freudvolle Ahnung sie
unwiderstehlich zu Reichen der Götter empor.

Und zu lieben wissen die Göttlichen.
Sei es das Hingewendetsein zum Hilfedürftigen
das Mitleiden mit dem von Widrigkeiten
Umstrickten. In ihrem, alles begreifenden
Herzen glüht Gütigkeit, entspringen
Quellen freudigen Verschenkens.

Dort wo das Göttliche zur Vielfalt wird,
besteht in Ursprungs Tiefen das Sehnen nach
Vereinigung. Dort wo die Götter Menschen sind
und sich erkennen als das Männlich- und
Weibliche, dessen Gedanke es ist, in eins
zu verschmelzen, dort leuchtet Liebe auf,
sonnenklares Licht am Firmament der Urnacht
und giesst Freude, Freude, Seligkeit und
Zuversicht ins Meer der fliehenden Schmerzen.

Vollends geben die Göttermenschen sich hin;
sie sind dem anderen Bruder und Schwester in so
zärtlichem Spiel, dass ihres Blutes Rauschen
sanft wird im Umschlungensein und sie beseligt
wie himmlische Melodien. In eins verströmen
ist ihr Sinn, aufgehen im grossen, allgemeinen
Meer des Wohlseins, der Geborgenheit, des
lichten Schauens durch die unbemerkten Tage.

Hoch oben aber fliessen Ströme der Liebe von
Stern zu Sternen, von Himmeln zu Ewigkeiten,
von Räumen des Friedens ins unendliche All.
Das sind Weiten wo Sich die Götter im Denken
und Fühlen umschlungen halten; sie jubeln und
strahlen sich Feinheiten ihres durchscheinenden

Wesens zu und verweilen, in Licht und Freude,
von Urzeit zu Urzeiten, in endlos erfahrenem
Strömen alldurchflutender Seligkeit.

60
1976
In blauen Lüften weilt mein Schauen
im Lichte das den Himmel überweht
dir helle Schönheit darf ich trauen
die makellos vor meiner Seele steht

Des Aethers Reich bewohnt die Stille
Geheimnisvolles Schweigen weiht das All
zu höchstem Sein erhoben ist mein Wille
im Meer des Friedens schwebt der Erdenball

Am Firmament der Weiten blinken Sterne
durch Universen kreisen Myriaden viel
beglückt erreicht mein Denken ihre Ferne
befindet sich inmitten der Gestirne Spiel

Ein Ahnen füllt mir den gebannten Sinn
von überragendem Vermögen, hehrer Grösse
unwiderstehlich nimmt ihr Walten mich dahin
wo ich versinken muss in ihre ungezählten Schösse

Dort schau ich Wahrheit, Glanz und holde Tugend
von dort schöpft unbeugsame Kraft mein Tun
in Ihm erstrahlt die Morgenröte ew'ger Jugend
nur Seine Fülle lässt der Menschen Sehnsucht ruhn

61
1963
Heiliger Seraph
nimm wieder
vom Tor deine
bindenden Siegel zurück

Öffne
die weiten
verhüllenden Flügel
zum Glück

Schwebend

Gelassener

Taufe
mich Seele
mit alles erklärendem
Strömen des Lichts

Löse Gedanken
gedachte
des Lebens
zum Nichts

62
1976
Erstrebe Sein Reich
in ihm ist enthalten
was dir zur Freude gereich
im Strom der Gewalten

Wende dem Höchsten dich zu
in liebendem Geben,
sich offenbarend im Du
belohnt Er dein Streben

Ergibst du dich ganz
Seinem hohen Befinden
versendet Er Glanz
dir von allen vier Winden

Hüllt dich in strahlendes Licht
Seines segnenden Wesens
wo dir das Wünschen gebricht
in der Flut des Erleb.'ens

Steig in die höhere Welt
mit deinem Empfinden
sie ist vor dich hingestellt
du müsstest sie finden

Athme im göttlichen Hauch
das erhabene Wort:
tief ins Erkennen tauch
an dem innersten Ort

Weih dich dem Frieden
im Dom Seiner Hand
dem Sein im Hienieden im
anderen Land

63
1976
  Aus Ewigkeiten
in die Zeit geboren
erfahre ich des Allerhöchsten Huld

Von Seinem
Glanz geweiht steh ich erkoren
im Weitgetriebe frei von Schuld

Von keinem Zwang
berührt des Erdenlebens
das strebend über weite Lande zieht

Bist Du es
der mich führt in des Erlebens
Tiefe, allwo mein Wesen reine Freude sieht

Verlass mich nicht
an Tages Wende, die mich erfüllt
mit namenlosem Sehn' nach Dir

Ich weiss bestimmt
am Ende bin ich doch umhüllt
von Deiner Schönheit makelloser Zier

Sinn meines Lebens
ist Dein Licht zu schauen
es überstrahlt der Erde mannigfaches Tun

Freudvollen Herzens
geh ich hinzu Deinen Auen
und darf in Deinem Frieden selig ruhn

64
1976
Die heitre Klarheit die wir schauen
ist unsrer lieben Sonne Spiel
ihr Strahlenüberflutet Raum und Auen
mit goldnem Lichte unerschöpflich viel

Behutsam führt sie was in Keimen schlummert
zum Reifen in der Tage Pracht
die Saat voll Leben, eh sie kümmert
hat ihre helle Kunst zum Blühn gebracht

Der trauten Wärme die sie sendet
sehnt sich das Heer der offnen Kelche zu
von ihrem Glanze sind die Aug' geblendet
und finden hinter sanften Lidern Ruh

Jedoch zum Lichte das nun innen strahlt
ist unsrer Seele Schaun erhoben
der reinen Helligkeit vor sie gemalt
ist Gottes Antlitz einverwoben

Geschenk des Himmels, dir zu danken
ist der Geschöpfe heil' go Pflicht
soviel sie auch von deiner Fülle tranken
sie sind gebadet in dem unermessnen Licht

65
1976

Lichte Wärme weiht uns
die güldene Sonne
wir sind die Gesegneten
ihres Strahls
und geniessen am Tag
das Geschenk ihrer Wonne
das sie uns sendet
in Tiefen des Tals

Ihr Strömen spendet uns
eherne Kraft
die wir täglich
im Leben verzehren
durch sie kommt Gedeihen
zu dem was er schafft
der Erschaffene, ihre Hoheit
soll er beständig verehren

Sie gleicht ja dem
Spender allgöttlicher Schöne
des Antlitz wie sie
in Erhabenheit strahlt
Ihm gilt unser Loben
beglückender Töne
die Er in den
lichtblauen Himmel gemalt

66
1976
Morgenstille
gilt der Wille
der erwachenden
Natur

Schweift der blauen
Augen Schauen
ruhig über Wald
und Flur

Bringt ihr Gehn
bald zum Stehn
ein erhaben
prächtig Bild

See und Lande
im Gewande
hehrer Schönheit
die uns gilt

Spiel der Farben
über Garben
sanften Hügeln
dort ein Reh

Nah und Ferne
oh wie gerne
lob ich alles
was ich seh

Tun der Gottheit
in der Zeit
anerkennt
die Seele

In dem Ruf:
was Sie schuf
ist vollendet
ohne Fehle

67
1976
Du Gott in Trauer
zerstörst dich selbst
oh, welchem Schauer
du verfällst

Wieviel Gedanken-Schwere
lastet wohl auf dir
bis so zur Leere
ward dein Hier

Dass du die Hand erhebst
zum letzten Mal
und wie im Traum erstrebst
dein schreckliches Fanal

Dich trifft Erstarren
tränenloses Weh und Leid

umstehn den Karren
für dich bereit

Ein Stoss von Fragen
führt dich heim
wer kann es wagen
dir verzeihn?

Die scheue Lieb
steht dort am Hag
wo sie dir blieb
ist heller Tag

Nicht eines raschen
Schlags Misslingen wird
gezählt, nicht sein Erhaschen
soll dich zwingen.

Des ganzen Lebens
Schau, ein weites Bild
pflichttreuen Strebens
stimme mild

Den hohen Richter
ob deiner Schuld
nicht bricht er
den Stab in Seiner Huld

68
1976
Meditation
Ich bin das Wesen
ewiger Glückseligkeit
hinabgestiegen in
den Traum des
Lebens und
erwacht in ihm
zum Sein in
Freud' und
unnennbarem Frieden

69
1976
Mir klingt der Jubelsang erhab'ner Welten,
derweil ich wacher werde, hell ins Ohr
ein ewig Halleluja muss dort mir gelten
wo nächtens meine Seele weilt im lichten Chor

Noch bin ich von dem Freudgefühl erfasst
das alle dort Vereinten warm durchglüht
zu deren Lobgesängen inn'ge Andacht passt
vor dem Unendlichen das ihnen wunderbar erblüht

Kein weltlich Aug vernahm je solches Wogen
von lichtdurchschossner Klare ist erfüllt der Raum
mit Sternen übersät der Himmelsbogen, gewaltig
ihres Kreisens Wirbel wie der kühnste Traum

Dass ich doch immer dort im Schaun verbliebe
nie mehr der Tag das hehre Sein mir raubt
oh Märchen, Wohnstatt lauter Liebe, du
schönes Schlafgemach, der Seele wohl vertraut

Doch ach, die Helle macht des Leibes Augen munter
ich muss wohl werken gehen durch den Tag -
und bin doch heiter, denn: geht mir die Sonne unter
darf mein unsterblich Teil sich laben an dem Mahl
das ihm die Gottheit gab

70
1976
  In Deiner Nacht
  bin ich erwacht
  zu freiem
  unbeschwertem Leben

  Wo Du mich führst
  und mich erkürst
  kann ich getrost
  zum Höchsten streben

  Durch Dein Geleit
  bin ich gefeit
  vor Unheil, Zank
  und jedem Töten

  Hilfreich Erbarmen
  birgt mich Armen
  im Strom der Zeit
  vor allen Nöten

  Lass jeden Geist
  der hell Dich preist
  Dein unvergänglich
  Lichte finden

Vermehre Du
der Menschen Ruh
die ihre Ichheit
überwinden

Nur Du bist rein
im hohen Sein
in dem die
Cherubine thronen

Bald dürfen wir
erkor'n von Dir
in Deinen Himmels-
räumen wohnen

71
1976
Nur wer des Lichts begehrt
wird es auch finden
der ist des Himmels wert
den nichts kann binden

Froh fliegt der Vogel hin
lässt seine Kräfte spielen
so auch des Menschen Sinn
folgt höchsten Zielen

Wo er die Gottheit spürt
in seinem Wirken
da ist er weis geführt
zu Sein's Bezirken

In denen Freude wohnt
und Harmonien sich bilden

wo ewig Frieden thront
in Lichtes Fielden

Kennst du den freundlich Ort
der edlen Gaben, des
Blühens immerfort
und Früchte Tragen?

Bist du zum Licht erwacht
ist alles heiter
sieh wie die Sonne lacht
sei wie der Reiter

Der alle Hürden nimmt
in hohem Schwung
und sich nicht lang besinnt
in der Begeisterung

Dem Erd und Himmelshöhn
vereint erscheinen
des Dasein wunderschön
in Seinen Räumen

72
1976
WEIHNACHT

In wundersamen Nächten strahlt den Weisen der Stern,
derweil sie wandern, wandern unermüdlich dorthin
wo das helle Licht sie führt. Von Unbill nicht beirrt,
noch von der Dauer des erwartungsvollen Schreitens,
folgen sie dem Zeichen der Beständigkeit weit durch die
Lande und fühlen sich mit innigem Frohlocken näher
schon dem Ziel. Was sie vordem nur ahnten, ist ihnen
nun untrügliche Gewissheit, dass sie schaun das Antlitz
das ersehnte ihres Herrn. Der Hoffnung Winde fachen ihres

Eifers Glut zu loderndem Geflamm. Sie eilen, öffnend sich
dem hehren Unbekannten, mit Begeisterung voran und
sehn die Stadt und still den Stern und finden die geweihte
Stätte. Voll Seligkeit, sich beugend, verehren sie dem
Kind die Gaben, nicht dem Geschöpfe - dem Göttlichen, das
sich in ihm verbirgt, nein, nicht verborgen hält, das
ihren Herzen hell in Sonnenklarheit leuchtet und in Strahlen-
bann sie zieht. In Licht versunken ist ihr Sein; gefunden
haben sie im Strom der Welt den Ort des Friedens, die Stelle
des Beruhns, den Quell der Freudenkräfte die die Wurzeln
ihres Wesens tränken.
  Dieselben nicht mehr, wallen sie dann zu der
Erdenheimat heim; ein unbeschreiblich Lächeln schönt
das Bildnis ihrer Züge. Sie sind gestillt; was hell und klar
in ihren Seelen ruht, ist ewiges Genügen.

73
1977
  Du in mir
  ich in Dir
  Einheit der Wesen

  Wo Du bist
  dem ist
  Frieden erlesen

  In Dir ruhn
  höchstes Tun
  im All der Welten

  Ohne Zeit
  Geborgenheit
  in Deinen Zelten

  Lichtes Sein
  alles Dein
  in der Wahrheit

Was Du denkst
ewig lenkst
atmet Klarheit

Dir gedeih
was es sei
Dein Gebild

Du bist rein
ich bin Dein
Vater mild

Lass Dich preisen
jeder Weisen
von der Schöpfung fein

Sie will leben
alletwegen
eingebettet in Dein Sein

Weihnacht 1979
Im Bildnis wundersamer Schöne
sehn wir in sternverklärter Nacht
das benedeite Paar, liebreiche Töne
umwerben es auf trauter Wacht

Es hegt des Kindleins süssen Schlaf
das engelgleich vor ihnen ruht
behütend was die Welt betraf
der Menschenvölker höchstes Gut

Worin wohl liegt dies Bildes Sinn?
In ihm, so mag uns hell erscheinen

strömt Gottes Liebe zu uns hin
ihr Wesen möcht' uns all vereinen

Wo sie das stille Herz bewegt
lebt reine Güte im Hienieden
wenn -ihre Flamme leis sich regt
erfährt die Seele Seinen Frieden

75
1976
Alles Erschaff'ne ist ist Mir
Ich bin des Alls Bewegen
bin jetzt und immerfort bei dir
auf deinen Lebenswegen

Erkenne Mensch im tiefen Tal
wie sehr Ich dich behüte
wie innig nah Ich bin zumal
jedem Geschöpf in reiner Güte

Wenn hinter blassen Horizont
das Licht des Tages sinket
und still im Dunkel steht der Mond
und dort ein Stern dir blinket

Dann hülle Ich dich ein in Ruh
dein Mantel bin Ich, deine Sommerwärme
die dich durchrieselt immerzu
derweil du wähnst Ich sei weit in der Ferne

Lege nun hin dein müdes Haupt
und wisse, dass Ich jeden segne
der Mir -und keinem Anderen- vertraut
sieh doch, wie Ich die Pfade ebne

Sie führen endlich alle heim
es kann kein Wesen fallen
aus Dem der ewig ist allein
der Vater in der Schöpfung Hallen

Sind auch die Dunkelheiten lang
durch die Ich weis dich lenke
du bist behütet, sei nicht bang
bis Ich dir ewigliche Freude schenke

76
1977

Ich bin wie Du
im Kern des Lebens
unübertroffne Ruh
Ziel allen Strebens

Wer es erreicht
in kunterbunten Tagen
der ist geeicht
sein Glück zu tragen

Den sprichst Du an
wie Seinesgleichen
der ist der Mann
er steht zum Zeichen

Umfassenden Verstehns
und spürt die Einheit
des Werdens und Vergehns
in Deiner Reinheit

Wer die Gesetze kennt
die Wirkenden im All

und sie beim Namen nennt
der ist nicht Ball

des unerforschlichen Geschehns
er greift es selber an
kraft seines Bestehns
beweisend was er kann

Der Gott in seiner Mitte
ist es der ewig lenkt
das Menschenherz zur Sitte
und ihm Vollendung schenkt

77
1977
Du bist
mein Reichtum
Jesum Christ
und meine Stärke

Ohn' Dich
verloren
bin ich
weil ich merke

Wie belang-
und machtlos
dass ich hang
am Kreuz des Lebens

Schal
ist die Frucht
im dürren Tal
all meines Strebens

Doch Du
bist Sonnenwärme
Mittagsruh
in meinem Blut

Wenn ich
Dein Strahlen fühle
innerlich
ist alles gut

Du Leuchte
gibst der Seele
was sie bräuchte
zum Gedeihn

Erfüllst
mein armes Wesen
es umhüllst
mit Deinem Sein

78
1977
Weihnacht 1977
Aus göttlichem Schoss
ist ein Retter geboren
schenkt Liebe so gross
geht kein Wesen verloren

Von ihm strömt Erbarmen
zum Menschenherz hin
ach, möcht es erwarmen
sein Heil liegt darin

Dass auf es sich wendet
zum Vater der's schuf

und Leben ihm spendet
und christlichen Ruf:

Bring mir deine Sorgen
von Talen der Welt
sei in mir geborgen
dir bin ich ein Zelt

Er ist nun erschienen
Gesandter des Herrn
will ewig uns dienen
still leuchtender Stern

79
1978
Auf ein Pferd
Happy, nicht bloss ein Tier bist du, das ein kaum beachtetes
Dasein fristend irgendwann kommt und vergeht. Du bist kein
verstossenes Stiefkind der Schöpfung, das ungeliebt seine Jahre
verbringt und dessen Verschwinden niemand ans Herz geht.
Nein, Happy, du bringst deinem Namen höchste Ehre, bist
glücklich und spendest wieder den Hauch deines Wohlseins dem
der dich kennt und pflegt, dem Menschen; der mehr als dein
Herr ist, dein Freund, dein Gespan mit dem du die Strengen
und Freuden gemeinsamer Taten teilst in freier Natur, bald
galoppierend durch's taufrische Feld in der Lust der Bewegung,
bald ruhend in einsamer Stille, umgeben von Bäumen und Düften

Du mein geliebtes Geschöpf von unendlicher Anmut, Meisterin
feinen Gespürs, die besser denn ich nach nächtigem Ritte den
richtigen Heimweg erkennt. Du ruhest dann wartend im Stall
und wie hell klingt, wenn ich morgens mich nahe, dein Wiehern.
Oh du, meine Freude, mein erster Gedanke am Tag, meine
Sonne, mein inniges Glück, du .....sollst .... nicht mehr sein?
Ich kann es nicht fassen, dass ein geringes Übel am Fusse

mir all diese Schönheit zerstört: die Gestalt, Kameradschaft,
den Reichtum erfüllten Erlebens. In Tränen, Happy, sinn ich dir nach

Was mag mich erlösen?
Zu denken, dass ich künftig in jedem einzelnen Pferde der Welt
dich liebe, dass mir etwas von deinem Wesen in deinen Brüdern und
Schwestern erscheint, in denen die weise Natur unvergänglich
fortlebt, von keiner Verletzung behindert.

So springt voll Freude weiter d a s P f e r d, über Zäune und
Hecken, in Sonne und Wind; steht still zum Verschnaufen und
b l e i b t mit dem Reiter ein edles, lebendiges Standbild
aus e i n e m Guss im Zusammengehören.

80
1978
Sei schön brav
Mutterschaf
stehst in Flocken
krausen Locken

auf der Wiese
kommt die Liese
will dich kämmen -
bricht der Kamm

schau sie an
sie will schelten
Schmach vergelten
dummes Schaf -

von der Wiese schleicht
die Liese
trippelt leise
leise, leise

Da - um's Himmels willen
wie sie denkt im Stillen
dass sie niemand säh
macht das Schäflein
bläh

81
1978
WEIHNACHT 1978
Nach strengem Tage ruhten die Hirten im Feld
bei der wärmenden Glut; im weiten Rund, ein friedlich
Flockenmeer, die Schafe, eines zum anderen gedrängt.
Am tiefblauen Gewölbe bewegte sich in sanftem Gang
das Nachtgestirn. Von seinen blassen Strahlen war
das stille Land in Traulichkeit beschienen.
  Da geschah das Unerhörte, dass, man wusste nicht
woher es kam, ein Licht, ein blendend Leuchten sich erhob
zu Häupten der Schläfer, dass sie erwachten von dem Glanz
und sich die Augen neben. Eine Stimme rührte ihr Herz,
ein Wissen, sie sollten unverzüglich gehn zum nahen Stall,
es sei ein Wunder dort geschehen. Und sie gehorchten,
eilten nach der Weisung zu der Stätte und stiessen behutsam auf
die angelehnte Tür. Laternenschein, ein Mann, die Frau, im
Stroh ein neugebornes Knäblein, nichts weiter.
Und dennoch, eine nie gekannte Andacht ergriff die
vielgewohnten
Männer, eine Ahnung überwältigender Grösse dsp Geschehens,
dass sie in Schlichtheit niederknieten und weihten dem
Kindlein ihr Gebet.
Und endlich brach in ihnen wie Frühlingsknospen
Freude auf, die lichte Seligkeit durchströmte sie. Begreifend
Lieb und Lieblichkeit, verwandelnde die Welt, verweilten
sie am schönen Ort, erfüllt von dem Geschehnis, das so tief
beglückend war in ihrem Leben.

82
1979

Was habe ich denn ausser Dir, Herr, in der Welt?
Mühsal, Aengste, Kummer, Not. In mächt'gen Wogen
überbrandet das Geschehn der Umwelt mich und
drohet mit Ertränken. Was für ein Wurm bin ich im
Alltag, ausgesetzt dem Tritt gigant'scher Mächte,
und niemand beut sich, mich vor der dräuenden
Verderbnis zu erretten.

Da schreie ich in höchster Not zu Dir,
im Flehn der Seele, Du mögest rasch zu Hilfe eilen,
denn es drängt die Zeit, umschlossen vom Ring der
Widersacher bin ich, nah am Ersticken.
Wie kann es noch Befreiung geben?

Du bist bei mir. Ich spüre nun, dass Du bei mir bist.
Frieden, grosser Friede. Im Angesicht der Drohung
bin ich ruhig und wie von Mutterhand geborgen.
Verwandlung schenkst Du Herr und Freud und
Rettung aus der höchsten Not. Du, Vater der Geschöpfe,
Du vergissest keines, und ich spreche Dank
aus übervollem Herzen. Halte mich, umhülle mich mit
Deinem Schutz und bleib und bleibe doch bei mir.

83
1979

An reich erlebten Tages Neige
leg ich Dir Herr auf den Altar
verhalt'nen Glückes leicht empfange Zweige
das viele Monde ferne von mir war

Du senkst Befriedung, Du die Musse
in der Seele fein behütetes Revier

und schon keimen, wachsen Dir zum Grusse
die Freudenblümelein in reiner Zier

Dass ich in Herzens Grund Dir dankbar bin
will ich nun nimmermehr verhehlen
Gedanken reicher Fülle mir vorüberziehn
und jedem möcht ich "weile noch" befehlen

Lass mich in Deinem trauten Zelte ruhn
und mein Gespinste kummerlos vollenden
nach soviel Stunden treubesorgtem Tun
wirst Du der Seele wohl den Frieden spenden

84
1979

Insel des Friedens bin ich, mitten im Sturm,
ich bin das sanfte Schaf das weidet auf lieblicher Au
rings umgeben von zahllosem Untier, von Schlangen,
heulenden Wölfen, zähnefletschendem Tiger,
von wilden Meuten, hungrigem Schakal.

Doch geschieht kein Unheil mir. Ich staune und danke.
Denn ich weiss, ich steh im Schutz des Allerhöchsten,
mich überspannt sein blauer Himmel
wie ein bergend Zelt. Es scheint mir durch den Tag
die Sonne seiner Güte und blinkend in der Nacht
ruhn seine Sterne hoch am Dom.

So ist die Welt vollkommen mir, kein Yota
muss ich andern. Weit in die Runde schaue ich und wünsche
allen Geschöpfen Gottes Frieden, Gottes Ruh.

85
1979
Helle Sonne guten Tag
guten Morgen Licht
und all ihr Blümelein
Gottes strahlendes Gedicht

Vater, Mutter sind
die für mich sorgen
ich bin ihr liebes Kind
und fühle mich geborgen

Ich tue was sie freut
im Spielen, Helfen, Springen
bin allezeit bereit:
zum Lachen und zum Singen

Wie ist das Leben schön
ein fabelhaftes Treiben
ein Kommen und ein Gehn
in kunterbuntem Reigen

Ich danke für die Pracht
die mir so reich beschieden
DEM der dies alles macht
wie sehr muss ER mich lieben

86
1979
In Himmels Höhen bin Ich der Herr - frei, omnipotent, mit Flaum der Wölkchen spielend. Von Licht, gold'nem Licht erfüllt sind die Unendlichen Räume Meines Wirkens. Wo Ich mich fühle steht der Freude Segel hoch und ist gebauscht von Winden der Begeisterung. Ich denke dort - und es wird; Ich sende, schneller als des Blitzes Strahl. Meine Gedanken in gigant'sche Fernen und gestalte

as Ich will an jedem Ort. Und siehe: es blüht, es duftet, sprosst .
empor. Die ewig junge Schöpfung schaut sich selber an; es reic
das Leben sich die Hand, die Hände zum Gedeihen.

Nicht sichtbar ist der Urgrund Meines Seins; doch was hervortri
aus dem Zelt der guten Gaben ist stets Mein Wort, und dessen
Klang und Farbe trägt des Ursprungs Siegel, hat den Namen Me
Hoheit eingeprägt.

Ihr Welten, die Ich schuf, wenn ihr doch wüsstet, dass ihr unver
brüchlich noch Mein Teil seid, die Fingerbeeren Meiner Hand,
den Ich, gesammelten Befehls, zum Raum entsandte und
dessen Kraft des Leuchtens Ich auch jetzt, in jedem Gran der Da
unerschöpflich Bin.

Phaa, ihr Gestalten auf dem Schiff das ihr die Erde nennt, Ich
bringe dort, in euch, Mir selber Grösse bei und wachse,
wachsend im Geviert eures Bewusstseins, wieder zu Mir selbst
empor. Dass ihr die Schale sprengt, die Schalen, Knall um Kna
Hüllen, die euch engende Bedrängnis sind, ist Mein Befehl; das
Freie schwebt der Geist der Phantasie, Mein liebstes Kind, im f
Aether, sich selbst bedenkend und sich selber wissend, jubelnd
gebärdend und doch weis gezähmt.
Ich bin. Und Mir genügts: zu Sein - und dass Ich im Unendliche
in jedem Ding Mich selber wieder finde.

87
1979

Stille, ein Meer von Stille
rings umfriedet mir die Seele
und in der unberührten Dauer
erfreut sich mein Gemüt
des sel'gen Daseins. Inn'ger
Dank erfüllt mich und
entströmt ins Reich der

Höhen wo der Vater wohnt im
reinen Lichte. Ihm sei der
schöne Aufenthalt geweiht im
Weilen, Ihm die Empfindung
tief erlebten Glückes hingegeben.
Im Zustand der Beseligung
tropft jeder Augenblick wie
süsser Nektar in den Kelch
der Labsal den ich freudig
trinke; am Born der
Ewigkeit ist jedes Sehnen
reich gestillt und die vor mich
gebreiteten Gefilde blühn
im Wohlklang des Gedeihens.

88
1977
Unerbittlicher Tod,
du trennst, wie der Landmann
das Gras, Menschen ab
von der Erde, derweil sie
voll Kraft im Zenit
ihres Daseins stehn

Es wirket dein Schatten
empfindsamen Seelen zuleid
das Vergehn, sondert
Freunde und Gatten, die sich
aneinander gewöhnten
im Nu und versetzt sie
in unüberwindbare Fernen

Es trauert das Herz und
feucht sind die dunkelen Augen
von schimmernden Tränen

die Tages und Nachts
im Gedenken zuvörderst
den sinnenden Blicken stehn

Wer kennt das Warum
des verschlungnen Geschehens
und spendet dem fragenden Kummer
die Deutung, das lange
ersehnte, befreiende Wort?

Weilt Frieden der Stille
im Grunde der Seele
erhebt sich die Sonne der Hoffnung
und leuchtet in Liebe und Kraft
ins empfangende Tal

Vor schweigenden Sinnen
schwebt lichtvoll und heiter
der Offenbarung erhabenes Bild:

Gar nichts ist verloren.
Es blüht des Entschwundenen Wesen
in höheren Welten, sich
weiter entfaltend,
zum Schöpfer empor

Sein Geist sieht Erfüllung
jahrlangen Strebens nach Mass
und Vollendung,
nur Freude und Seligkeit wohnen
in seinem erschlossenen Sinn

Was sollen wir trauern?
Gewissheit stille die Tränen,
dass wir uns zu Jenen in anderen
Landen gesellen, wo unzertrennliche

Bande uns inniger nur
den Geliebten verbinden

Oh, tröste dich Seele,
endlich werden die Schleier des
Fragens wie Morgendünste sich lösen
und staunenden Blicken zeigt sich
das machtvolle Wirkliche,
das erhabene Ganze, das weit
uns den Alltag an
Klarheit und Licht überstrahlt

Nimm endlich uns auf
umfassenden Sein und verein uns
mit jeder Gebärde unseres Sehnens;
lass in vollendeter Stille uns bleiben, bis wir
in seligem Schweigen erkennen
wie uns Dein göttliches Wesen
mit unübertrefflicher Sanftheit
auf ewig umfängt

89
1978

Oh Liebe, Liebe, Liebe, offen bist du mir gleich dem
neugeborenen Lichttag. Ich eile dir zu meine Sonne,
an den Erdrand und darüber hinaus, um mich in die
Unendlichkeit deiner Glut zu stürzen. Verbrenne und
läutre mich, nimm mich auf in die Allgewalt deines
Strahlens. Dich zu kennen, dir am allernächsten zu sein,
in dir, dir, dir mich zu fühlen, ist die unsterbliche
Sehnsucht meines Daseins. Nimmer ruhen kann mein
armes Herz bis ich vollends den Kelch deiner innigsten
Geheimnisse getrunken habe; nur du, nur du vermagst
mit deiner höchsten Reine die glühenden Lianen der
Leidenschaft, die meine Seele umschlingen, zu trennen

und auszutilgen mit dem alldurchdringenden Glanz deiner Helle. Du liebe, gnadenreiche Behüterin meines Friedens, lass ewig mich ruhen in dir, lass mich schweben in der allgegenwärtigen Sanftheit deiner Umarmung. Urwesen du Herzen und Nationen verbindendes, taufe mich mit dem Strahl deiner Beglückung, erbarme dich meiner, der ich voll Sehnsucht dir dienen will. Erhabene Freundin meines Geschicks, eile, mich huldreich zu bergen im Arm deiner Güte und lass mich die allbesiegende Wärme deiner Gegenwart spüren. Ich weihe mich dir, opfere dir und bin dir auf ewig verloren.

2

Gesang des Schweigens

LÄCHELNDES

Der Lächler lächelt vor sich hin
als wär's des Lächelns Anbeginn
kein Windesheulen das ihn stört
er ist von einem Wort betört
das er soeben mit dem Glas
aus einem Lesebuche las.

Es schwärzte dort die Seite an
von einem Schalk hincingetan
und blieb genau dasselbe Wesen
selbst als er's vielmal abgelesen.
Der Lächler schlägt die Seite um
beim Scheine von Petroleum.

Vielleicht nach Jahren zu Besuch
bei einem Freund sieht er das Buch
nimmt's freudig vom Gestell hernieder
und sucht das Wort – und lächelt wieder.

Papa springt
vergnügt bergan
als kluger Mann
der sich verjüngt

Was ihm gelingt
zeigt ihm sodann
das Wiegen an
er pfeift und singt

Doch spät am Tage
stöhnt er: «. . . aach»,

wenn ich ihn frage,
«welche Schmach,
mir sprang vom Schlemmen
die Waage nach.»

Ein Zahn war es im Mund der faulte
was seinen Nerv so malträtiert
dass sein Besitzer heimlich jaulte
und zum Herrn Medikus marschiert

Der geht dem Übel auf den Grund
mit bohrend surrender Maschine
Blut spuckt und H20 der Mund
mit Sauregurkenmiene

Doch bald kann er sich wieder meinen
es trägt der Zahn voll Stolz davon
als würd' im Loch die Sonne scheinen
die Zierde einer goldnen Kron'

Ei und Ei
macht zwei
doch ist es nicht einerlei
ob ein drittes noch dabei
mit genau denselben Massen
das wir zu den zweien assen
denn durch unsern weissen Kragen
landet es im finstern Magen
und beschwert ihn mit den zwei
folgend ihnen einerlei
während wir es kauend assen

mit genau denselben Massen
ist ein drittes noch dabei
macht dann Ei und Ei nicht zwei

Was der Mond in seinen Backen
seit Urzeiten hat versteckt
kommt vom Mann der mit dem Hacken
einen Riesenvorrat deckt

Wenn das Öl uns ausgegangen
wird der gute Vetter dann
tief in seine Taschen langen
und das Holz das er gewann

in verschwenderischem Regen
der gerade uns erwählt
spenden als ein Himmelssegen
nächtig vor die Tür gefällt

Dann braucht niemand mehr zu geizen
kann von Win- zu Winterszeit
seine Stube tüchtig heizen
wär's doch morgen schon so weit

Es schweift der Vogel Kakadu
wohl durch den Wald den Wald
sträubt seine Federn immerzu
so wie es ihm gefallt

Dann flieht sein Schatten vor ihm her
durchs fahle Stoppelfeld

dort huschelt ihm ein Mäuschen quer
worauf er sausend fällt

Ein Schlag - hinauf zu blauen Höhn
in Kreisen hin zu ziehn
das Tierchen wispert: «Danke schön»,
konnt es doch just – entfliehn

Wohlig räkelt sich im Sessel
ein vergnügter Katrio
fühlt sich ledig jeder Fessel
und geniesst ein Schnaps Bonbo

Träumt von sonnig weiten Fernen
vor dem Cheminee das ihm heizt
müsst ein wenig spanisch lernen
dass er nicht mit Worten geizt

wenn die dunkeläugige Sirene
ihn mit Sangria verwöhnt
und mit ihrer schwarzen Mähne
seinen Appetit verschönt

Welche Wonne ist's zu reisen
dorthin wo sich Meer und Land
immerwährend Zärtlichkeit erweisen
stundenlang im feinen Sand

auf der faulen Haut zu liegen
lieblichen Gedanken zugetan
die so hübsche Kinder kriegen
dass er selig schnurrt daran

Faszinierendes Genie
liebenswert mit Scherz beladen
ist dein bunter Zauberwagen
wundervoller Dimitri

Fabelhafte Phantasie
Kuriositätenladen
reich gespickt mit Lachtriaden
eine Narrensinfonie

Du bist gross in unserm Leben
gehst in viele Herzen ein
sie zur Freude zu bewegen

Nährst du doch wie Brot und Wein
in beglückendem Vergeben
unser ganzes Menschensein

LIEBESLIEDER

Den Frieden dieser Nacht zu teilen
mit dir unter'm Sternenzelt
und deiner Wunden Weh zu heilen
wünsch ich in Herzens Wogenwelt

Voll Sanftmut will ich dich umfangen
derweil der Augen Blicke weit
zum Lichtermeer hinüberlangen
für jene traute Ewigkeit

in der wir, hoch ins Glück erhoben
zwei Lauschende, im kühlen Wehn
vor'm zauberhaften Bilderbogen
wie Kinder, selbstverloren stehn

Gleich wie aus dem Sternenreigen
fällt ein feuriges Gestüt
im Verglühn, uns aufzuzeigen
welches Licht aus ihm ersprüht

So umwehn von mir Gedanken
wie Planeten deine Welt
deren viele niedersanken
wo ihr Dasein Glanz erhält

Sei du ihrer Schönheit Zeuge
du vergabst mir soviel Glück
dass ich mich vor dir verneige
schenkend alles dir zurück

Der Gedanken Silberbogen
gleich des jungen Monds Geleucht
hat von deinem Sein erwogen
was ihm wert zu wägen deucht

Legt dein Herz tief in die Schale
das in Feuergarben brennt
bis die Glut mit einem Male
ihre Wölbung überrennt

Und zum Zeichen wird der Liebe
die ein jedes Tal besiegt
bis sie - fern vom Weltgetriebe -
in glücksel'gen Träumen liegt

Was die Rosen uns erzählen
ist im Klang von Lieb und Lust
ein unendliches Erwählen
und Vermählen, Brust an Brust

Ihre purpurroten Lippen
sind der Inbegriff der Brunst
und die sammetweichen Rippen
eine wahre Liebeskunst

deren Fülle im Vereinen
und in wilder Glut ersteht
und im Welken und im Weinen
Blatt um Blatt der Wind verweht

Fleht meines Herzens sanfte Weise
in der Nächte Zauberstund
flehen meiner Sehnsucht Kreise
deinen zu aus tiefem Grund

Spür ich schon die Rosenwangen
unter meinen Händen glühn
und Verlangen auf Verlangen
eine Feuerbrunst versprühn

Wie die Schnuppe fällst du nieder
fällst in irrer Lust und Qual
und erhellst, oh Wunder, wieder
unsrer Liebe Freudensaal

Sind im Zauber der Liebkosung
Manneskräfte schnell erregt
ist der Frauen sanfte Losung
noch ins Zärtlichsein gelegt

Nur wenn zwei sich ganz verstehen
und sich schenkend innig nahn
mag es einmal doch geschehen
dass im daunenweichen Kahn

Well an Welle herrlich schlagend
sich zum selben Rhythmus eicht
und in eins empor sich tragend
jubelnd jene Höh' erreicht

die im letzten Überschäumen
höchste Liebeskunst enthüllt
und das allertiefste Träumen
mit den Freudenströmen füllt

Wenn wir so lieb beisammen liegen
ist unsre Welt ein Paradies
worin sich Blütenzweige wiegen
und Blümchen blühen auf der Wies'

Uns ist die Zeit ein breites Strömen
mit dessen Unerschöpflichkeit wir gehn
und lassen uns von dem verwöhnen
was wir in reichen Phantasien sehn

In goldner Minne sind wir aufgehoben
und fühlen nahe uns beim Ziel
schön sind geglättet deine Wogen
o holden Daseins wonnigliches Spiel

Eine traute Nacht zu weilen
still bei dir im Dämmerraum
jeden Augenblick zu teilen
durch die Stunden, welch ein Traum

In der Seelenströme Tauschen
reglos einfach da zu sein
deines Atems Melodie zu lauschen
hingegeben insgeheim

an die Schönheit des Erlebens
wohlgeborgen in der Zeit
die die Früchte allen Strebens
den Unendlichkeiten weiht

Einmal will ich zu dir kommen
wenn du selig schlafend ruhst
und dir, eh du - noch benommen -
deine Augen öffnen tust

Mit unnennbar zartem Beben
beide Lippen leis berührn
dass du, im Herniederschweben
schon die Sanftmut wirst verspürn

Die von Seel zu Seele fliesset
wenn die deine dann dazu
des Erwachens Lust geniesset
in der Liebe lichter Ruh

Rauscht der Wind in mächt'gen Wogen
durch die rabenschwarze Nacht
fühlt mein Herz zu dir gezogen
sich auf liebevoller Wacht

Leise fleht es um Erbarmen
in den siebenfachen Wehn
die voll Leidenschaft dem Armen
brennend durch die Adern gehn

Deinen Liebreiz zu umfangen
dich in Träume lullen ein
ist mein trunkenes Verlangen
in der Wünsche wirrem Hain

Da vergiess' ich heisse Tränen
das Ersehnte soll nicht sein
mächtig muss ich mich bezähmen
bis der Liebe milder Schein

Fliesst in sanft gewordnein Strömen
durch den nachtverhüllten Raum
und umschliesst das Herz der Schönen
in beseligendem Traum

Wenn ich nächtig dich umfange
Versunkene in tiefen Schlaf
und im weitern nichts verlange
was unsre Zweisamkeit betraf

Fühl ich mich vom reinsten Frieden
bis zum Seelengrund durchströmt
der die Menschen im Hienieden
mit des Lebens Leid versöhnt

Und des Daseins Wert erzeiget
Dem der in des Schöpfers Hut
- dem Gefährten zugeneiget -
in der Stille selig ruht

Hast du wieder mich gefunden
mit des Sehnens süssem Strahl
und mein Herz an deins gebunden
wie's die Liebe dir befahl

Muss ich tief im Schmerze fühlen
wie vertraut ich deinem bin
oh, wie gehst du mir ans Herze
oh, wie bin ich mitten drin

Ich höre dich sein
im Gelispel der Stille.
Du lauschest hinein
in die rosene Fülle
der alles durchströmenden
Sehnsucht

Es hat dich ihr Klang
ohne je dich zu fragen
glückselig und bang
in die zärtlichen
Arme der Liebe
getragen

So als wäre nichts geschehen
ruhe ich auf stiller Wacht
doch im Herzen ist ein Flehen
von der Liebe angefacht

Schreien es die Tage nieder
dass ich nimmer es bedacht -
von der Liebe tönt es wieder
in der Einsamkeit der Nacht

Ewig muss ich an dich denken
in der Sehnsucht stummer Qual
deinem Wesen mich verschenken
wie sie's drängend mir befahl

Ringen es die Kämpfe nieder
in der Tage vollem Saal -
von der Liebe flüstert's wieder
in des Herzens Rosengral

Einmal müssen wir uns finden
durch der Welten hehren Gang
uns mit Zärtlichkeit umwinden
in der Liebeslieder Klang

Zwingen sie die Pflichten nieder
zu des Tageswerkes Ziel -
von der Liebe klingt es wieder
in der Nächte Sternenspiel

Komm ich zu dir im Kleid der Stille
komm in der schönen blauen Nacht
hab der Beglückung reine Fülle
vom Liebeshimmel mitgebracht

Sowie ich dich im Traum umschwebe
schaust du ein herrlich strahlend Licht
in welchem ich mich dir vergebe
von Angesicht zu Angesicht

Und deine Seele singt in Tönen
der Anmut ihres Sehnens Drang
sich meiner innig zu versöhnen
in unsrer Liebe Hochgesang

Mag sein
dass du den feinen Hauch verspürst
der Gegenwart
in der ich leis zu dir mich neige
und dir in Träumen die du führst
von meinem Sein
den Odem reiner Sehnsucht zeige

Mag sein
wir finden uns dabei
im Zwischenreich
in dem die Seelen sich berühren
um in des Fühlens Wogenei
voll Zärtlichkeit
der Liebe Dialog zu führen

So fühl ich mich mit dir
durch alle Zeit verbunden
und fühl mich zugleich offenbar
von unheilbarem Weh umwunden
weil ich im Grunde dieser Welt
nicht bei dir war

Ach, in deinen Armen sterben
welche Wonne, welche Pein
seliglich an dir - verderben
dein Geblüt in Mark und Bein

Welche Labsal, dich umfangen
in der allerletzten Zeit
eh die Augen bleiben hangen
mit dem Blick zur Ewigkeit

Deinen Atem noch zu spüren
wenn der meine plötzlich stockt
meine Hand ans Herz dir führen
weil auf mir die Hippe hockt

Welche Seligkeit, zu schauen
in dein strahlendes Gesicht
deiner Liebe zu vertrauen
währenddem das meine - bricht

WEHMUT

Ganz Wehmut bin ich, ganz Gebilde
der Trauer in der stillen Nacht
die endlich mir den Trost der Milde
ins aufgewühlte Herz gebracht

Noch reiht sich seufzend Klag an Klage
in Perlentränen vor mich hin
wenn ich mein Herz im Weh befrage
nach unsres Liebens letztem Sinn

Und scheidet uns im Unterscheiden
sovieles noch im Strom der Zeit
wird uns der Himmel Einheit zeigen
im lichten Meer der Ewigkeit

Schau doch, er weint, ein Engel flüstert's
der ihn im Herzen weinen sieht
und ihm sich liebevoll vereint
damit der Trost des Friedens ihn durchzieht
Was hat ihn so zutiefst getroffen?
Der Schönheit Schwinge, deren Wehn
entfachte sein geheimstes Hoffen
zu einem inniglichen Flehn

dass ihm der Herr die Gnade schenke
nicht zu zerbrechen am Geschick
derweil Er zur Vollendung lenke
sein Werk mit lieberfülltem Blick

Nagt der Kummer dir am Herzen
nagt die unbekannte Zeit
bist du unter tausend Schmerzen
doch der Ewigkeit geweiht

Und kein Weh vermag zu trüben
deiner Seele Silberhauch
wenn du weisst Geduld zu üben
und die reine Liebe auch

Die Woge will
oh bleib nur still
das Haupt dir überrollen
Es hat dein Herz

in Freud und Schmerz
ja nimmer da sein sollen
Und stöhnst du noch
im Lebensjoch

wozu, nur um zu weinen
Willst immerzu dich
ohne Ruh
dem Ewigen vereinen

Wenn die Stunden uns entgleiten
wie die Schifflein ihrem Wind
ist es wohl, weil wir zuzeiten
bis zuinnerst glücklich sind

Erst wenn wir, bereits im Gehen
aus der trauten Freundeswelt
deren Schönheit ganz verstehen
spüren wir, wie Wehmut fällt

Denn bei allem, was wir lieben
wären wir doch gar so gern
wie auf einem Heimatstern
nur ein Weilchen noch geblieben

Es wurde morgen, mittag, nacht
ein Tag wie viele Tage
was hat er mir wohl eingebracht
denn abgrundtiefe Klage

Schon wochenlang blieb nichts für uns
als spärlich kleine Resten
weil Hoffnungsfrüchte unsres Tuns
im Hitzestrahl verwesten

Mein liebes Kind, wie schwach du warst
und mich umbetteltest mit grossen Augen
bis endlich mir das Herz zerbarst
ich konnte nimmer glauben

dass uns noch Rettung kam, woher?
und sah voraus dich sterben
in einem bittern Tränenmeer
von Ängsten und Verderben

Noch liegst du warm an meiner Brust
du hattest keine Wahl
weil du mir nicht mehr atmen tust
zu meiner namenlosen Qual

Warum, wozu, ich weiss es nicht
die Liebe hüllt dich ein
als wie ein winzig kleines Licht
und bleibt bei dir - daheim

Herr
Vernimm den winzigen Klang meiner Stimme
dass ich lobsinge Dir inmitten des Erdentals.
Rundum Bedrängnis erfahrend, auf die Folter
der Tage gespannt, gejagt und gerissen, von
der Bürde der Pflichten verletzt taumle ich -
hoch und verkünde Dein Lob, Vater der Welten

Von Deinem Atem umhüllt und durchdrungen
bin ich Dein Eigentum, die Gestalt Deines
Willens, der schneidende Kiel, der die Wasser
des Lebens durchpflügt, unaufhaltsam durch die
Tage und Nächte, trotzend gewaltigen Winden

Und über meinem zerschundenen Ich, frei
gewendet zum steigenden Licht, hebt sich das
reine Geschöpf der Andacht, der eherne
Engel vom Schiffsbug empor und singt,
in Gezeiten von Leid und Liebe, die Töne, das
Klingen zu Dir, Allgewaltiger, in einigem Jubel

So schön bist Du, Herr, im Gewande der Welt,
in den Meeren aus Wasser und Hoffnung, im
blühenden Wohnland, dem Treiben von Strömen
und Zeit. Sei - unendlich kraftvoll verbreiteter
äthrischer Lichtgott - gepriesen und gebenedeit.

Gigant'sches Kämpfen türmt sich auf
in Blöcken die sich gegenüberstehn
es nimmt das mächt'ge Schicksal seinen Lauf
im Strom der Konsequenz mit dessen Flut wir gehn

Das ist stahlhartes Geistesringen
ein blankes Fechten dringend in die Haut
und wird nur dem den Sieg erbringen
der - brennend - auf den Herrlichen vertraut

Er ist der unerschütterliche Friedens-Turm
im tosend windgepeitschten Meer
die unversehrte Leuchte über wildem Sturm
das Rettungszeichen hoch und hehr

Bald müssen sich die Wellen wieder legen
nach ehernem Gesetz in dessen Bann sie stehn
dann wird sich eine neue Sonne aus der Flut erheben
und wie ein Segen ruhig dir zu Häupten gehn

Hebst du deine Augen auf
nur zum Herrn der Welten
muss in deines Lebens Lauf
lichte Hoffnung gelten

Denn, so sehr dich auch bedrängen
dich verquälend bis aufs Blut
Peiniger mit ihren Fängen
wie die wilde Drachenbrut

Wirft dir gütig aus den Höhen
Gott den Rettungsanker zu
und vergibt in sanften Böen
deiner Seele Licht und Ruh

Ihr helft mir dennoch, liebe Geister
in meinem tieferfahrnen Weh
worin ich wahrlich immer dreister
der Höllenhunde Kläffen seh

Und hebt mich, hebend im Verschenken
in eure vielgepriesne Ruh
in der ich, ohne Harm zu denken
mit Gott mich fühl auf du und du

So sind denn meines Schicksals Schläge
wie wunderlich es tönen mag
ein seelenprobendes Gewäge
bedeutender von Tag zu Tag

Und halt' ich stand in zähem Ringen
im Kampf um alles oder nichts
wird mir das Ende Frieden bringen
in Sphären unermessnen Lichts

Lass uns, o Herr, durchs Leben schreiten
voll Mut in dieser schweren Zeit
wo soviel Zügel uns entgleiten
und uns das Schicksal in uns selbst entzweit

Allein Dir mach uns täglich offen
Lühr uns zum Saum der Ewigkeit
wo sich in abgrundtiefem Hoffen
die Seele Deiner Fügung weiht

Und sich getrost auf lichten Flügeln
die ihr die Sehnsucht leis gewebt
zu Deinen wundervollen Hügeln
- erfüllt von Dankbarkeit - erhebt

Freu dich und freu dich in den Tagen
in denen du dein Leben lebst
um ganz die Schöpfung mitzutragen
in die du rastlos dich verwebst

Du bist so sehr mit ihr verflochten
dass alle Dinge weit und breit
voll Lust auch in dir selber pochten
dem Unermesslichen geweiht

Das wie des roten Fadens Zierde
begleitet dich auf deiner Bahn
und reisst dich weg von der Begierde
aus jedem noch so wirren Wahn

Zum Glanz des Gottes in den Sphären
führt dich in ewigem Zurück
von deines Menschenseins Bewähren
zum unerschütterlichen Glück

Und kennst du nicht
das Lobgedicht
in deinen frohen Tagen

bist du
geringer Menschenwicht
aufs tiefste zu beklagen

Es sieht ein Gott
dich in der Not
hält dich in weisen Händen

und wird
- was immer dich bedroht -
zu deinem Guten wenden

So halte Ihm
von Anbeginn
hast du auch tief gelitten

den inn'gen Dank
des Herzens hin
nach soviel heissen Bitten

Herr im Himmel, Dich zu preisen
sehnt sich hier mein armes Herz
Dir die Liebe zu beweisen
sei's in Frohmut, sei's in Schmerz

Alles hast Du mir gegeben
was ich je im Leben war
hast geführt mein ganzes Streben
wie durch Trübsal und Gefahr

durch den Glanz der Sonnentage
dass ich nun von Deinem Sein
einen Abglanz in mir trage
wie die Sonne, strahlend rein

NATUR

Der Vogel

Ich schwebe.
Keiner anderen Seligkeit
bedarf ich. Mich tragen die Lüfte.

Sie sind leichter als ich.
Ich bin leichter als sie.
Ich fliege durch die Luft hindurch.

Ich kann, wenn ich will
in die Sonne hineinfliegen.
Dann bin ich selber die Sonne.

Die Luft ist hellblau.
Die Erde ist grün. Die Schatten
beweisen das Licht.

Meine Stimme ist Gesang. Ich
singe einfach die Freude aus
mir heraus.

Zwitschervogel auf dem Ast
bist von deinem Singsang trunken
ganz in Narretei versunken
wie es deinem Herzen passt

Schöne Federn die du hast
haben einer Katz gewunken
merk dir ihrer Augen Funken
dass sie dich am End nicht fasst

Sonst erstirbt, oh jeminee
deiner Kehle Sage
hochbeglücktes Do und Re

Wird mit einem Schlage
unter glühendheissem Weh
dir zur Totenklage

Götterdämmerung
Die Posaunen des Morgens
verkünden den Aufstieg des Lichts.
Ungeduldig ziehen die Sonnenrosse
an ihrem Geschirr,
der Lenker der Troika
besteigt gelassen das Gefährt
und der Schuss seiner Peitsche
treibt die feurigen Stürmer
in die geöffnete Bahn.

Der Bogen, den sie rennen,
bringt uns die Morgenröte,
am Horizont steigt auf
das brennende Rad
und jede Trübnis weicht
seinem gewaltigen Strahlen.

Vor dem Antlitz des Lichtgottes
beugen die Geschöpfe das Haupt
und erstatten dem Herrlichen
schweigend den Zoll ihrer Verehrung.

Die Stimme seines Leuchtens
führt die Schaffenden durch den Tag,

sie bestimmen mit Macht den Lauf
ihrer Unternehmungen und ruhen nicht
bis die geschnellten Pfeile
ihrer Kräfte im Ziel sind.

Rausche Meer in langem Zuge
rauschend durch die stille Nacht
rausch die uraltalte Fuge
die ein Gott sich ausgedacht

Unzählbare Wogen brechen
sich am unnachgieb'gen Strand
um dann spielend zu verlechen
in den feingefügten Sand

Rausche, Meer, in meinem Blute
rausche ewig fort und fort
und erheb, wenn alles ruhte
mächtiger dein Zauberwort

Auf des Äthers lichten Strömen
schwimmt der Nachen Wunderbar
zum unendlichen Versöhnen
das im Purpurhimmel war

dessen langgedehnte Dünste
farbenfroher Sonnensaat
eines Gott's erhabne Künste
in die Kinderaugen tat

um sie so aus freien Stücken
in betörendem Vertun
unermesslich zu beglücken
bis sie ganz in Träumen ruhn

ERKANNTES

Hinter dir ist die
All-Natur, welche dir sagt
du sollst so laufen,
welche dich für einen Augenblick
aus ihren Armen entliess,
um dich bald wieder an ihr
ewig gleiches Herz zu nehmen

Du hast auch jetzt, ohne es zu wissen
teil an ihren Spielen, teil an der
unerschütterlichen Bahn der Gestirne
deren die Welt eines ist

Lass dich führen von ihr
winziger Griffel
damit die Zeichen, welche sie
durch dich in die Erde ritzt
nach ihrem Willen werden

Bald wirst du mit anderen Augen
welche sie dir gibt, diese Zeichen
entziffern können, und zusammen
mit allen Zeichnungen aller
anderen sind sie

Ihre Sinfonie, deren Klänge dich
von Freud zu Freudenfülle führen

Weltschmerz, Schmerz der Welten
eine langgedehnte Melodie
muss für alle Wesen gelten
in der Weltensinfonie

Alles wird aus Schmerz geboren
in dem ungeheuren Spiel
ist es auch zur Freud erkoren
leidet, was hinan muss, viel

Die Natur hat tausend Schösse
was sich schmerzlich ihr entringt
ist der Ausdruck ihrer Grösse
der ihr hell ein Loblied singt

Unter glühend heissen Tränen
die im Werden übergehn
noch wenn wir uns trauernd grämen
ist das Glück im Auferstehn

Es wallt die Zeit in Wogen auf
und flutet sanft zu Talen nieder
in unermessnen Universums Lauf
holt alles sich in Rhythmen wieder

Und was mit Elementenkraft
sich in der Zeit entlade
bricht sich indem es Welten schafft
an Ewigkeits Gestade

Das hehre Spiel, wohin, wozu
will es in seinem Ringen
wird es noch einmal wieder Ruh
und Seligkeit sich selber bringen

Am Diamanten lupenrein
darf nicht ein Makel haften
kein Stäubchen und wär's noch so klein
kann seine Herrlichkeit verkraften

So steht wohl einst der Seele Wesen
in lichter Klarheit strahlend da
wenn sie, der Göttlichkeit erlesen
die Stunde der Vollendung sah

In der ihr Meister sie berührte
und aus äonenlanger Zeit
heim zur Beseligung entführte
ins Schweigen der Unendlichkeit

Du bist deines Glückes Schmied
nichts stillt letztlich dein Verlangen
als was du als Schöpfungsglied
schaffend vor die Welt gehangen

Was aus deiner Seele Sehnen
stürmisch zur Entfaltung drängt
und sich unter Perlentränen
in den grauen Alltag mengt

Ist der Glanz, der von den Höhen
sich in deinem Herzen bricht
und in sagenhaften Böen
von des Gottes Schönheit spricht

Soweit ich sinn und sinne
und sinn das Köpfchen aus
vom End zum Anbeginne
bist Du darin zu Haus

Was immer ich erwäge
Du wägst es treulich mit
ob schnell ich bin - ob träge
gehst Du im gleichen Schritt

Und lässt durchs ganze Leben
mich nimmermehr allein
hüllst all mein Tun und Streben
in Deine Liebe ein

ERSCHAUTES

Meditation

Ich bin das Wesen
ewiger Glückseligkeit
hinabgestiegen in
den Traum des
Lebens und
erwacht in ihm
zum Sein in
Freud und
unnennbarem Frieden

0 könntest du in deinem Leben
und wär's nur für geringe Zeit
allwie zum Saum der Ewigkeit
dich federleicht ins Sein erheben

Und in ihm wie im Äther schweben
vor dräuendem Geschick gefeit
in tiefgefühlter Seligkeit
verflochten mit dem Weltenweben

Wie blüht darin des Daseins Feld
dem wachen Sinn in neuen Tönen
ergreifend vor ihn hingestellt

Im Bunde mit dem göttlich Schönen
das strömend in ihm Einzug hält
sein Schaun aufs herrlichste zu krönen

Dein Leben ist ein stetes Schreiten
zu einem unermessnen Ziel
ein dich dem Universum weiten
nach dem die Sehnsucht dich befiel

Es strebt ein Gott in deiner Tiefe
zu Seinem Gegenüber hin.
Erweckend was in dir noch schliefe
erfährst du jenen Neubeginn

der, Herrlicher, erlöst von Qualen
im Sonnenglanz der Götterwelt
dich schweben lässt, hoch über Talen
wie's deiner Seligkeit gefällt

Des Lebens Tiefen zu ergründen
warf ich das Lot beizeiten aus
entdeckend ausser läss'gen Sünden
zutiefst der Andacht reines Haus

Derweil ich wuchs im Reiz der Welten
und mich von vielem blenden liess
wuchs in geheimnisvollen Zelten
was mich im Leben nie verliess

Ein Ahnen von erhabnen Grössen
die um uns gegenwärtig sind
und uns in ihren lichten Schössen
behüten, wie die Frau ihr Kind

bis uns, zum wahren Sein geboren
weit über'm engen Erdental
und über'm Reich sovieler Toren
ein Gott den Göttern anbefahl

Rausch der Sinne, Rausch der Reben
wieviel mächtiger als du
ist des wahren Seins Erleben
unerschütterlicher Ruh

denn du dehnst dich aus in Weiten
wo zuzeiten sicherlich
deines Daseins Wesenheiten
Gottes Atem überstrich

So wie Ich bin in Glanz und Schrecken
bin Ich ein Gott der Rache nicht
es ist Mein ewiges Bezwecken
dich führen, Menschenvolk, zum Licht

Ist in der Weisheit Schoss verborgen
noch Mein geheimnisvolles Tun
strömt doch an jedem neuen Morgen
aus unermesslichem Beruhn

Beschenkend euch, des Segens Fülle
die Arme öffnet im Verstehn
dass in der grossen Weltentrülle
des Gottes Schleusen übergehn

Um euch mit Güte zu bedrängen
bis euer Herz mit Oh und Ah
und unter hellen Lobgesängen
schlussendlich doch den Himmel sah

Du kommst Mir recht, geringer Knecht
dich häuslich einzurichten
da gibt's in Lebens Grossgefecht
genug noch zu verrichten

Steigst du Mir aus, ist es ein Graus
für Meine Seheraugen
solang du lebst in Meinem Haus
musst du zu etwas taugen

Sieh doch, wie emsig alle sind
in unermessnem Hasten
das Leben läuft im Sausewind
nur, dass ein innres Rasten

Dich über das Gewimmel hebt
womit der Seele Schauen
getrost in Meinem Himmel lebt
und seinem lichten Blauen

Titanenwerk, o Mensch, in deinem Busen
was alles bildest du dir ein
entflammest Welten aus Gedankenglusen
und stampfst - unbrauchbar gewordne - wieder ein

Du fühlst die Macht in deinen Händen
zwingst manches Schicksal in dein Joch
magst, wo du gut bist, Frieden spenden
wo du versagst, bist du ein Teufel noch

Wie in den Räumen Welten kreisen
kreist Gottes Schöpfung auch in dir
du stehst in Seinem Unterweisen
Dein Dasein ist auch Seines Seins Revier

Schwebst du in Wolken, schwebt Er mit
und in der Sonne purem Gleissen
bist du sein Selbst auf unerhörtem Ritt
zu dem Er dich seit Ewigkeit geheissen

Nun halte dich bereit in deiner Seele
den Gesang des Schweigens zu vernehmen
nichts ist er als ein lichtes Kleid
im Raum... ein himmelweites Dehnen

Du ruhst in ihm glückselge Gondel in den Lüften
kein Windhauch, kein Bewegen das man spürt
ein Schweben federleicht hoch über Grüften
und nur die Freude des Gelöstseins die dich führt

In dieser Stille ist die Göttlichkeit zu ahnen
die unser Wesen liebevoll umhüllt
und es behütet auf des Lebens Bahnen
bis uns Vollkommenheit erfüllt

Im Schaun sind wir zu Dem erhoben
der Universen in sich hält
und dessen Sein uns einverwoben
in Seinem Schweigen - schwebt die Welt

Geistesonne, wahres Leben
seit Du vor meinen Augen stehst
fühl ich ein einziges Erheben
in welchem Deine Strahlenschönheit west

Nach Deiner Höh' geht mein Verlangen
in Deine Ferne zieht mein Sinn
Dir geh ich Hoffnungen und Bangen
voll Sehnsucht immerwährend hin

Und liegt im inniglichen Werben
der Unerfülltheit wilde Pein
ein stetes in der Gegenwart Ersterben
streb ich nur inn'ger nach Dir heim

Darf schon im Lichte Deine Nähe spüren
des Unermesslichkeit mich warm umgibt
und mich gewiss zu Dem wird führen
der mich auch unermesslich liebt

3

Was die Rosen uns erzählen

Ich bin ins Kleid der Stille
vollkommen eingehüllt
und schon ist mir der Wille
von deiner Näh erfüllt

Da zaubr' ich in Gedanken
dein Bild vor meine Seel'
viel Blättlein es umranken
s'ist schöne ohne Fehl

Und lächelt wie der Morgen
ein Feengebild im Wald
um das sich Elfen sorgen
und sanfte Winde bald

Es musst verschwinden wieder
wo es in Anmut stand
nun sing ich ihm die Lieder
die ich im Herzen fand

33
Liebs Räbeli, liebs Bäbeli
wie isch doch üsi Wält
im tuusigs hübsche Städeli
uf's allerbeschti gschstellt

Wänn d'Sunne schient durs Fänschterli
am früene Sommertag
und üsers Güggels Kikerikii
rüeft: Ufsto usem Schlag

Dänn fühled mer üs wohl und frei
und schüched kein Vergliich
mit jedem andere Dehei
i üsem Märliriich

32
Es pocht das Herz am frühen Tage
in wilder Sehnsucht deinem zu
und findet nicht des Schicksals Gnade
find't nicht die vielersehnte Ruh

Mir ist, als ob die Seele weinte
in hemmungsloser Tränen Fluss
der sich mit deinem brüderlich vereinte
und allsolange fliessen muss

bis wir in fern geahnten Zeiten
zwei Lächelnde im Sommerwind
uns durch des Daseins Fest geleiten
und ewiglich Gestillte sind

31
Hin und wieder möcht ich weinen
und einfach hilflos wie ein Kind
mit irgendeinem Wesen mich vereinen
die warmen Blutes um mich sind

Ich möchte meine Lippen tragen
zu einer Stirne starkem Schild
dem ohne das geringste Fragen
die Fülle meiner Sehnsucht gilt

An eine Schulter möcht ich lehnen
in einen Schoss mich hüllen ein
um dort von vielen heissen Tränen
herzinniglich erlöst zu sein

30
Deinen Leib wie Alabaster
zierlich vor mich hin gelegt
auf des Bettchens weiches Pflaster
hat des Lebens Alphabet

Und ich staun und staun und staune
welchen Liebreiz du verströmst
bis ich zärtlich zu dir raune:
wenn du jetzo mich verhöhnst

Und die traulichste der Gaben
eine Grille mir enthältst
muss ich stumm mein Herz begraben
in der Trauer die du fällst

Doch du öffnest deine Arme
lässest soviel Sehnsucht sprühn
dass ich inniglich erwarme
und mich allsogleich erkühn

Deine Inbrunst zu erproben
in verspielter Zärtelei
bis dein Wesen ganz verwoben
mit dem meinen - selig sei

29
Unendlichem Zauber geben die Seelen sich hin
in der vollmonddurchschimmerten Nacht
es strahlen die Augen, es schärft sich der Sinn
ob der ununterbrochen empfundenen Pracht

Die quakenden Fröschlein in schlummernden Teichen
in denen Frau Luna ihr Antlitz beschaut
Glühwürmchen geben verlockend sich Zeichen
im Schoss der Natur, dem sich alles vertraut

Zwei Menschen, zwei Herzen im einigen Schlag
vor des lieblichen Feuerchens Gluten
beschliessen den fürstlich begangenen Tag
überströmend von Dank für die Fülle des Guten

Die ihnen des Himmels Allgüte geschenkt
dessen Grösse sie staunend erahnen
er hat sie zu solcher Vollendung gelenkt
auf des Lebens hochherrlichen Bahnen

28
Deiner Augen glänzend Strahlen
möcht und möcht ich wieder sehn
um darob in Freud und Qualen
dich liebkosend zu vergehn

Deinen Herzschlag wieder spüren
deine Haut, dein warmes Blut
meinen Mund zu deinem führen
oh, ich will dir ja so gut

Möchte ganz in dich versinken
einmal noch - nein - tausendmal
von dir Lust und Liebe trinken
wie's die Sehnsucht mir befahl

27
Was ich dir zum Trost bereite
ist so fein ein Kräutertee
der mit deinem †bel streite
und mit allem Jeminee

Dass du trinkend schon genesen
und von Wohligkeit durchströmt
so als wäre nichts gewesen
hätte nie ein Leid getönt

Und du eilst mit frohen Augen
und zutiefst gefühlter Ruh
himmelhoch gesandtem Glauben
einer neuen Zukunft zu

26
Meine Lippen langen nach den deinen
weil sie ewig durstig sind
sich zur Liebe zu vereinen
dich beglückend zart und lind

Was in dieser sel'gen Stunde
insgeheim mein Herz bewegt
sei aus liebevollem Munde
deinem Sinnen vorgelegt

Dass es in dein Wesen ströme
einem Hauche gleich des Winds
und dich durch und durch verwöhne
reine Märchenträume sind's

Die wohl irgendwo und her
uns von Himmeln kommen zu
oder übers weite Meer
bringen Glück und Ruh

25
Dir zulieb leg ich die Krone
die auf dem Haupt ich trug in deinen Schoss
und lebe künftig mit dir ohne
die goldgetriebne Zierart, bar und bloss

Doch ist mein Scheitel auch nicht mehr bekränzt
mit starren Glanzes vielgepriesner Fülle
ein heller Leuchten nun von meiner Stirne glänzt
indem ich dich mit Zärtlichkeit umhülle

Und da ich alles, was ich je gewann
zu deinen Füssen frohen Muts verbreite
seit neu mit dir mein Lebenspfad begann
auf dem ich nun dich treu begleite

Bist du mir aller Würde höchster Lohn
im Reich, das wir mit heitern Blicken sehn
die Königin zur Rechten auf dem Thron
geschmückt mit meiner Liebe schönstem Diadem

24
Der Blick in deine Augensterne
ist wie im tiefen dunkeln See
das Schauen himmelweiter Ferne
im Spiegelbild das ich beseh

Es strahlt den Glanz des Lichtes wider
das still in deiner Seele wohnt
und dem zu singen traute Lieder
mit einem Lächeln wird belohnt

O, dass sie noch und noch so leuchten
in Jahren steter Reifezeit
verkündend was wir alle bräuchten
den innern Glanz der Seligkeit

23
Nun kann ich nimmer eine Frau liebkosen
ohn' dass mir heiss die Sehnsucht brennt
nach dir du Königin der Herbstzeitlosen
ein Feuer ist's, das keinen Namen kennt

Und doch muss ich es so benennen
ein abgrundtiefes Seufzen der Natur
das ungezählt Verliebte kennen
ein Heimweh nach der Einzigen nur

Es ist ein ungestillt Verlangen
ein Stau im allgewalt'gen Strom
dass weinend schon die Tränen überhangen
und Trauerweiden stehn zum Lohn

Wohlan es formen still sich zum Gebet
die Hände, die der Schmerz erhob
vernimm die Bitte, die zum Himmel weht
Allmächtiger in höchster Not

Und sei dem gnädig, der sie sprach
in ach so kindlichem Vertrauen
lass ihn, o Vater, allgemach
den Glanz des Friedens schauen

22
Das Pflänzchen Klee
das ich hier seh
hat vier so hübsche Blättchen
Dass ich es pflück

zu deinem Glück
mein liebes Schmeichelkätzchen
Ins Buch gepresst
bleibt unverwest

das Kleinod dir erhalten
Wo du auch eilst
und wo du weilst
soll dir der Friede walten

Verehrter Wind
führ du geschwind
mich zum versprochnen Blättchen
Ich fand's noch nicht
s'ist im Gedicht
erst so ein liebes Nettchen

4

Tau der Liebe

26
Ich erzähle dir zuallererst
vom Glück
das mir geschieht

Ich küsse meinen Lebenspfad
beseligt
bis zum Weinen

Es strahlt dir
aus der Sonne
die Liebe eines Gottes zu

Empfange freudig
was dich stählt und
lächle deiner Seligkeit entgegen

Es sei, dass ich dich
unter Palmen bette an des
Liebens wonnevollem Ziel

Ich will den Tag des Glücks
im Hochland des Beschauens
mit dir teilen

Die Weise der Holdseligkeit
ist in dein Herz gelegt
aus meinen Seligkeiten

In deinem Strahlenblick
seh ich den Glanz der Sterne
sich entfalten

Im schwerelosen Schweben
zweier Seelen findet reines Glück
sein wonnevolles Ziel

7012
Wohin ich dich begleite
sind die Augenblicke
schön

In deiner Liebe ist
Unendlichkeit
zu spüren

Im Schoss der Gottheit
sind wir uns
ein Paar

In unseren Herzen
klingt das Hohelied der Liebe
Tag für Tag

Ich habe mich erkannt
in
deinen Tiefen

Komm, lass dich
vom Geflüster meiner Gegenwart
verklären

Ich zeige dir die Schönheit
makellosen
Höhwärts-Schreitens

Erlaube mir
dein Wesen mit dem Glanz
der Göttlichkeit zu zieren

Mach dich
für meine Welten
schön

25
Die Sterne hab ich dir
zum Liebreiz
auserkoren

Von Sorgen unberührt
sollst du bei mir
im Augenblick verweilen

Ich habe dir das Liebeslicht entzündet
dir zu leuchten
durch die Düsternis der Erdentage

Sieh dort im Leben deiner Zeiten
welches Glück in der Verheissung
ew'ger Paradieseswonnen liegt

Zärtliche sollen wir sein
in den Reichen des Glücks
die die Götter verwalten

So wach ich in Nächten
der Liebsten zu eigen
so singt meine Seele das ewige Lied

Die Morgenstrahlen sind die
Boten reiner Liebe
im Azur

Ich erfülle deines Herzens Räume
mit Glückseligkeit
und Frieden

Von meinem Licht umhüllt
entschwebst du leichten Fluges
ins Elysium

24
Ich leg die Grazie
mit der der Tag beginnt
zu deinen Füssen

Deine Tränen sind mir
tief ins Herz geflossen
als ich nahe bei dir war

In deinen Sehnsuchtsschmerzen
bist du wie die Trauerweide
schön

Der Gedanke sei dir freundlich
dass du dich in einem Rosenfeld
von Glück bewegst

Wenn ich dich küsse
küss ich
das Hochheilige in dir

Den Liebreiz deines Lächelns
darf ich trinken
Tag für Tag

Wir schreiten
durch den Seelengarten
in den Maientag

Ich spreche Frieden
in dein Herz
in zartgestimmten Tönen

Deine Herzenstränen sind gestillt
wenn du dem Paradiese nah bist
im erschütternden Vereinen

5
Ich lehre dich
die Kunst
des seelenvollen Schweigens

Im Liebeszelt bist du
dem Herzen aller Dinge
nah

So lass ich dich bei mir
die Stunde der Glückseligkeit
erleben

Weiche nicht von dem Gedanken
dass du strahlend eine Seele bist
auf der Liebe Rosenspur

Bedenke in des Lebens Fülle
welche Seligkeiten
vor dir stehn

Ich flechte dir
den Traum vom Liebesglück
ins Haar

Ich sende dir
den Gruss der Sonne
ins Gemüt

Die Lilie der Reinheit
lass ich
in dir strahlen

Ich giesse
Heiterkeiten in dein Herz
die sich zur Daseinslust entfalten

26
Ich schaue dich
im Strahlenkranz
der mystischen Verklärung

Ein Hauch von Wehmut nennt dich
wenn ich lausche
in den Höhn

Ich enthebe dich der Bitternis
indem ich dich
mit Sonnengold belebe

Nun bring ich
meine Stunden hin
in seligem Erwarten

Gottesliebe
ist
dein eigentliches Ziel

Du bist dir selbst
genug
für Ewigkeiten

In deinen Wiesen
strahlen Blumen
schön wie Sterne in der Nacht

Ich schmücke deinen Morgen
mit dem Lächeln
der Holdseligkeit

In Trautheit
führen wir uns
durch den Freudentag

23
Im Rosenlicht des Morgens
bin ich
deiner tiefbedrückten Seele nah

Ich geleite dich
zum Fest der Freude
im Genesen

Des Lächelns Schöne
seh ich hingehaucht
auf deine Züge

In deiner stillen Welt
bist du von guten Geistern
rings umgeben

Die Kerzenflamme
spendet deinem Schweigen
Seligkeit und Ruh

Du darfst am
dezenten Wonnesein
zutiefst erlaben

Die Seele wandelt sich
wenn auch
in tausend Schmerzen

Im Zeichen der Geduld
erschliesst sich dir
das Wunder der Erlösung

Ein Engel führt dich
in den Rosengarten
deines Flehns

22

In den Rosenstrahl
der Liebe gehüllt verweilst du
in seligem Schweigen

Was pochst du Herz ?
Es ist die lautre Liebe, die dich
bettet in Geborgenheit und Frieden

Ein Engel beugt sich über dich o Seele
mit seiner Schwingen
sonnenlichtem Flaum

Die Festlichkeit der Welt
ist im Spazieren
in dein Herz gezogen

Ich bewahre deiner Stimme
Klang in meinem Herzen
süsse Nachtigall

Dein Lächeln ist das Lächeln
ew'ger Jugend
im glücksel'gen Tag

Vom Weh der Nacht Erlöste
komm an mein Herz
die Seligkeit des Liebelichts zu spüren

Öffne Lotosblüte
deinen Kelch
dem Lichtstrahl von den Höhen

Dein Lächelns Unschuld
strahlt mich immerwährend an
im Traumgemach des Sehnens

6
Geliebtes Herz
ich bin dir Trost, wenn dich
die Kleinlichkeiten plagen

Sieh doch dein Engel ist dir nah
um dich
ins Freudenlicht zu führen

Deine Heilung liegt
im Lächeln
dieses Sonnentages

Ich bin dir Trost und
Labsal auf dem Wege
holde Pilgerin

Zum Heiligtum der schönen Liebe
führt dein Weg
durch wunderliche Zeiten

Ich geb dir das Geleit
vom Frührot bis zur Sonnenneige
Tag für Tag

Das Mal der Liebe
seh ich
in dir gluten

Leg dich ins Lichtmeer
Seele
in des Tages Auferstehn

Ich umhülle dich
mit Zärtlichkeit
und Frieden

8
Den Tag der Freude
will ich
mit dir teilen

Liebes Herz du sollst dich
wenn du bei mir bist
geborgen fühlen

In Freundschaft wollen wir
zusammen durch das Leben gehn und
was wir uns als Menschenwesen sind
in Dankbarkeit geniessen

Ich bin dein Herz
im Strom des
Weltgeschehns

Die Zärtlichkeit bin ich
mit der ich deines Wesens
Gegenwart berühr

der Glanz der Liebenswürdigkeit
in deiner Augen
wundervollem Spiel

Weide dich
am Wesen der Natur
mit ihren Wundergaben

Komm in den Rosengarten
reiner Liebe
ihre Früchte anzusehn

Ich weih dich dem Arom der Güte
die der Himmel
uns verströmt

21
008
Du bist die Wohnstatt reiner Liebe
wenn du schenkend
dich vergibst

Den Glanz der Sonne
will ich mit dir teilen

Wir sind in Gott vereint
zu unermesslichem
Bewähren

Vom Odem
reiner Liebe
seh ich dich umfangen

Ich bade dich im Heilstrom
deiner Seele Schatten
aufzulösen

Deinen Schmerz zu lindern
rühr ich dich
mit namenloser Zartheit an

Ich sehe Strahlen
makellosen Lichtes
deinen Scheitel überfahren

Tief beglück bin ich
vom Strahl der Tapferkeit
auf deinen Zügen

20
Ich steig hernieder vom Olymp
um deinem Herzen hier
den Morgengruss zu bringen

Deine Seele schwimmt
in Liebesfreuden
durch den Tag

Das Angesicht der Sonne
leuchtet allzeit
über deinen Wegen

Ich führe dich
zur Gottesstille
auf dem Herzaltar

Ich umfange dich mein Du
mit strahlender Geborgenheit
im Glanz des Sonnentages

Jede Zelle deines Wesens
will ich
mit Glückseligkeit durchziehn

Du bist im Seelengrund beglückt
wenn ich dich
sachte höhwärts führe

Der Tau der Liebe
lässt die Rosen blühn
in unserem Garten

Wir wandeln fürbass du und ich
und wandeln
selig zu den Sternen

9
Durch's Meer der Hoffnung
bist du mir gefolgt
zum Sonnentor herzinniger Beglückung

Du bist die Seele
deren Weichheit wie gelöster Flaum
in meinen Händen ruht

Ich bette dich in meine Träume
und trag dich
ins Elysium

Hier ist dem
Aufstieg der Lieblichen
glitzernd die Krone der Weisheit beschert

Deine Sehnsucht wandelt sich
in des Erfülltseins reines Glück
kaum zu ertragen

Du ruhst an seiner Seite
eine Lichtgestalt
in unerschütterlichem Frieden

Sieh
wie die Tage der Hoffnung
zur Himmelsgabe sich runden

Glanz der Götter
strahlt ins Herz
es zu entzünden

Spüre die Einheit mit allem was ist
in der Liebe zum Sein
sondergleichen

10
Wie rührend ist
die Stimme deines Herzens
wenn sie mich berührt

Dem Klang der Liebe
lausch ich hingegeben
für und für

Was die Seelen sich versenden
strömt wie mildes
Sommerabendleuchten durch's Gemüt

Wir begegnen uns
im Raum der Einheit
die ich meine

Dein Gesicht ist
wie das Rosenlächeln
schön

Unser Steg ist
eines Regenbogens
mystisches Gebet

Bewegten Herzens grüss ich diesen Tag
als Tag der Freude
im Bewähren

Im Zeichen der Beglückung
gehn wir dem Köstlichen entgegen
das wir mit Liebesaugen sehn

Wie bist du stürmisch mein Herz
vor Verlangen und milde zugleich
im Verströmen unendlicher Zartheit

19
Das ist die Art
in der sich Gott verschenkt
im Strom der Seligkeiten

Spürst du wie schön
sich dir die Welt erschliesst
in Sphärenreisen

Ein Quentchen Liebe
eine Silberader im Gemüt
was alles öffnet doch der Reiz
der Unverhofftheit in der Seele

Ich lege dir
den Blütenzweig ins Haar
der rosenroten Liebe

Mit lächelnder Holdseligkeit
fach ich
die Herzensfreude an

Das Glück
der traumgebornen Nächte
hüllt uns strahlend ein

Im Wehn der Zärtlichkeit
hab ich
das Liebesglück empfangen

Ich weide mich
am tiefempfundenen Verstehn

Deines Hauptes Zierde ist
ein Diadem
von sieben Sternen

18
Mein Langen mischt sich
mit dem deinen und bringt sich
dem Unendlichen als Liebesopfer dar

Der Gleichklang der Gefühle
schwingt uns
zur Alleinigkeit empor

Die Vermählung geschieht
in der Reinheit
erhabener Tiefen

O du mein erster Gedanke am Tage
die Blüte der Hoffnung
im Wind

Einen Kuss
für deine Lippen
eine Rose für dein Herz

Die Kreise des Sehnens
vereinen sich schwebend
im €ther zum sanften Gebet

Ich verwandle dir die Welt
in einen
Liebesgarten

Die Heiterkeit des Lebens
lass ich dich im Ebenmass
der Zeit erfahren

Alles blüht und duftet
was aus unrer Liebe
strahlend sich erhebt

11
Dein Herz verströmt so lieben Klang
dass ich darob in Sehnsucht
nach dir brenne

Du bist der Sommer mir im Blut
und
die Reife der Reben

Unsre Tage sind
voll Anmut
im beglückenden Entgleiten

Die Äuglein auf
was flüstert dir der Tag?
Es schlägt ein Herz voll Wärme
deinem zu

Sind wir nicht mitten in ein Fest
hineingeboren von
Liebesseligkeit und trunkner Freude
an der Schönheit der Natur

Dein Verhältnis?
Wie der Wind zur Apfelblüte soll es sein
Deine Liebe?
einem Rosenschimmer zu vergleichen

Fasse Mut und eile deiner Braut
im Siegeszug voran
des Seins Mysterien zu ergründen

Im Tiefsten seid ihr eins
und alle Sehnsucht weint darnach
euch wieder zu vereinen

12
Alle Herrlichkeit des Himmels
ist in dir
verborgen

Den Wohllaut
makelloser Liebe
sollst du von mir spüren

In deinen Augen schau ich mir
den Lichtglanz
der geliebten Sonne an

Was singst du mein Herz
was klingst du
für liebelockende Töne

War es der Frühling von dem du träumtest
die Sommersonne im Zenit, ein süsser
Herbsttag, der in den Adern sich verlor

Rundum die Freude, der Strahlenblick aus
lachenden Augen und im Verborgenen
Gefühle, beseligt im Lauschen

17
Im Licht der Liebe
werden alle Herzensdinge
schön

An der Freude
zweier Sehnsuchtsseelen
freut sich die Natur

Dem Hochflug der Gedanken
folgt das Ruhn
im seligen Gefühl

Anemone des Herzens
die Sonne ist da

An deinem Liebreiz
weidet sich
der Freudensinn

Dein Lächeln hat sich
meinem Augen-Blick
vermählt

Geh in den Tag
wie eine die
zum Siegen sich erhob

Ich gürte dich
mit Zuversicht, die dich
wie Harfenspiel erheitert

Lass uns
in Räume der Holdseligkeit
entschweben

16
Nun will ich dich
mit Schleiern der Holdseligkeit
umfloren

Begreifst du
dass die Himmelsströme
liebevoll dein Herz durchwehn

Wie könntest du
die Gründe meiner Zärtlichkeit
verstehn

Ich umhülle dich
mit reiner Güte
im erstrahlenden Azur

Die Liebenswürdigkeit der Welt
versieht dich mit des Lächelns
lichter Schöne

Siehst du die Engel
dich begleiten
auf der ew'gen Lebensbahn

Im Bild des Schweigens
öffnet sich der Horizont
dem Sonnentag

Aus ihren Rosenschalen
lässt Aurora dich
den Tau der Liebe trinken

13
Ich gereiche dir
zum Heil
im morgendlichen Liebesstrom

Deiner Bitte
hab ich
Herz und Sinn geliehen

Ich umhülle dich
voll Sanftmut
mit der Grazie der Ewigkeiten

Sie haben sich
das Leuchten ihres Angesichts
zum Pfand gegeben

Eh der Rosenschimmer sich erhob
beglückte sie der Tag
mit seinen Wundergaben

Verborgen ist der Welt
was in den Träumen sich die Seele
zur Beglückung auserwählt

Wie wahr sind doch
die Herzensdinge
im Erfühlen

Deine Liebe lässt
die Blume der Vertrautheit
in mir keimen

Ich webe dir
die Wohnstatt reinen Glücks
im Reich der Seligen

14
Wovon du träumst
ist in das Weltenherz
geschrieben

Ich sende dir
der Liebe
goldgewirkten Strahl

Meine Seele ist das
Vlies der Sanftmut
dich darauf zu betten

Ich bewahre dich in meinem Schutz
geliebte Seele
bis du ganz in mir bist, wunderbar

Meines Herzens Sinnen geht dahin
dich Vielgeprüfte
sanft zu trösten in der Not

Komm an mein Herz
hier wird ein Freudenschimmer dich
zum Tagwerk stählen

Bist du in Aufruhr
sehnen sich die Engel
dich mit Sanftmut zu versehn

Du schaust dich selbst im Licht
wenn deine Seelenaugen
offen sind

Wie Meeresflut siehst du
die Tage kommen und vergehn
dich zu verklären

5

Es wallt das Korn

O Liebe, Liebe, Liebe, offen bist du mir gleich dem neugeborenen Lichttag. Ich eile dir zu, meine Sonne, an den Erdrand und darüber hinaus, um mich in die Unendlichkeit deiner Glut zu stürzen. Verbrenne und läutere mich, nimm mich auf in die Allgewalt deines Strahlens. Dich zu kennen, dir am allernächsten zu sein, in dir, dir, dir mich zu fühlen, ist die unsterbliche Sehnsucht meines Daseins.
Nimmer ruhen kann mein armes Herz, bis ich vollends den Kelch deiner innigsten Geheimnisse getrunken habe; nur du und du vermagst mit deiner höchsten Reine die glühenden Lianen der Leidenschaft, die meine Seele umschlingen zu trennen und auszutilgen mit dem alldurchdringenden Glanz deiner Helle.
Du liebe, gnadenreiche Behüterin meines Friedens, lass ewig mich ruhen in dir, lass mich schweben in der allgegenwärtigen Sanftheit deiner Umarmung. Urwesen du, Herzen und Nationen verbindendes, taufe mich mit dem Strahl deiner Beglückung, erbarme dich meiner, der ich voll Ehrfurcht dir dienen will. Erhabene Freundin meines Geschicks, eile, mich huldreich zu bergen im Arm deiner Güte und lass mich die allbesiegende Wärme deiner Gegenwart spüren.
Ich weihe mich dir, opfere dir und bin dir vollends und auf ewig zu eigen.

33
Du bist mir der Liebe
wunderschönes Pfand
dass es bei mir bliebe
geb ich ihm die Hand

Führ es über Strassen
in den Trolleybus
auf Kaffeeterrassen
geb ich ihm den Kuss

Der mir brennt die Seele
lächle lieb ihm zu
s'ist wie ein Befehle
ewig, ewig Du

32
Nun darf ich bei dir liegen
so stille wie im Grab
darf dich gerade biegen
bis ich dich nahe hab

In wonnevoller Wärme
so seligem Gefühl
mein Lieb ich hab dich gerne
du bist mir heiss - und kühl

Entfachst der Sehnsucht Flamme
und löschest sie im Nu
so wie ich mich ermanne
und schliess dir's Mündchen zu

Mit langgedehnten Küssen
in zärtlichster Manier
ein unablässig Grüssen
im Paradies sind wir

5
Der Lächler lächelt vor sich hin
als wärs des Lächelns Anbeginn
kein Windesheulen das ihn stört
er ist von einem Wort betört
das er soeben mit dem Glas
aus einem Lesebuche las

Es schwärzte dort die Seite an
von einem Schalk hineingetan
und blieb genau dasselbe Wesen
selbst als er's vielmal abgelesen
Der Lächler schlägt die Seite um
beim Scheine von Petroleum

Vielleicht nach Jahren zu Besuch
bei einem Freund sieht er das Buch
nimmts freudig vom Gestell hernieder
und sucht das Wort - und lächelt wieder

6
Ein kleines Muh sah sich erschreckt
von einem Tiger, der es leckt
und denkt, dass es vom Schreck genas
indem es Löwenzähne ass

So glauben von den kleinen Tieren
wenn sie die grossen imitieren
gar viele gleich wie sie zu sein
und bleiben dennoch winzig klein

31
Liegen, schlafen, träumen
eng umschlungen wir
möchten nichts versäumen
schenken uns das Hier

Wollen kosend scherzen
uns durch diese Nacht
nimmersatt uns herzen
bis es ist vollbracht

Dass wir ganz verströmen
eins ins andre ein
ewig im Versöhnen
gehn in Himmel ein

30
Es wallt das Korn, die Winde wehn
hell strahlet uns die Sonne
derweil wir stille fürbass gehn
erfüllt von Herzenswonne

Sie führet uns das Tal entlang
und sanfte hoch den Hügel
auf sommerlich beschwingtem Gang
getragen von der Freude Flügel

Wir blicken aufwärts himmelan
in ferne, lichte Bläuen
wo unser Sinnen träumen kann
den Frieden zu erneuen

Und sind einander lieb und gut
zutiefst im innern Wesen
als wär das ein und andre Blut
schon lang vermählt gewesen

So leitet uns der hehre Gang
den wir im Tal begonnen
vom leise zarten Seelensang
zu höchsten Liebeswonnen

7
Morgen
zeigt die Uhr
bonjour

ohne Sorgen
sei dir dieser Tag geschenkt

Eine Weise
die dich freut
durch das Heut
klinge leise
dir im Herzen allezeit

Folge nur
in der Hut
frohgemut
deines Sehnens
wunderlicher Spur

Sei, liebes Menschenkind
im Tageslauf geborgen
wie für die Lilie
wird auch der Vater
für dich sorgen

8
Nur die Sonne kann es bringen
was mein Herz wie nichts begehrt
lachen, tanzen, jubeln, singen
hat die Zauberhafte mich gelehrt

Wie verwandelt ist die Welt
wenn ihr liebes Antlitz strahlt
jäh verschwunden was uns quält
weil's ihr Leuchten übermalt

Ihrer vollen Schönheit wegen
sei der Herr der Höhn geehrt
der mit ihrem holden Segen
soviel Gutes uns beschert

Reiner Fülle Licht zu ernten
sind wir Glückliche erwählt
wenn wir nur auch danken lernten
für das Wunderbare das uns stählt

29
Wir wandeln selig, du und ich
im wundervollen Garten
die lieben Hände halten sich
und Bäumchen stehn von allen Arten

Sieh jene silberne Fontäne
der Pfauen schillerndes Gefieder
die paradiesische Domäne
erweckt uns höchste Freuden wieder

Es schwebt erhabne Stille in der Luft
von ferne eines Glöckleins Tönen
die Sphäre ist erfüllt vom Duft
den Blumenkelche reich verströmen

Kaum dass vor Leichte wir den Weg berühr'n
durchwallen wir des Gartens Glieder
die uns durch Blätterkathedralen führ'n
dann blaut uns heller Himmel wieder

Ein jedes ist vom Licht durchstrahlt
das aus dem Innern glänzend bricht
ein Quell aufsprudelt wie gemalt
im märchenhaften Lobgedicht

O, dass wir hier für ewig weilen
in zauberhaft verklärter Welt
die uns in Dichter-Sehnsucht-Zeilen
vor die lebend'ge Phantasie gestellt

28
Ich leb in dieser Lieb Allschöne
allwie in silberheller Luft
erfüllt vom Sang verhaltner Töne
bin ich berauscht von ihrem Duft

Es ist ein Frühling mir geboren
der mich zu jenem Tun verführt
dem ich schon längstens abgeschworen
und das die Seel' nun doppelt spürt

Wohin soll ich mit soviel Lust
ich muss sie mit dir teilen
sonst sprengt sie meine Menschenbrust
flieg Täubchen, sie zu heilen

Wo immer unser Schlag
sind wir ein gurrend Paar
das sich beschnäbeln mag
bis es gesättigt war

9
Vom zarten Strahl der Sonne berührt
öffnet sich die Wunderblume
zu atemberückender Schönheit
Das Arom der Köstlichkeit, das ihr
entströmt, erfüllt den Raum der
staunenden Seele und führt sie
zu tränenschimmmernder Sehnsucht
nach Freude, Frieden, Erlöstsein
von jeglicher Qual

Gebenedeit sei ihr Dasein
im Morgenlichte des Tages

Die himmelstrahlende Sonne
erschaut in ihr
entzückt die Tropfen Taus
die sie zum Erfunkeln gebracht
und kostet die glitzernde Speise wie Nektar
wohl wissend, dass wieder
ein Tag kommt - fern oder nah- ihr
neue Perlen vollendeter Schöne gebärend

10
O guter Herr
erbarme dich der Menschen
die durch der langen Nächte Perlenschnur
in nie versiegenden Schmerzen
wachend liegen

Lass sie in ihrem Weh mit Dir
verbunden werden, dass sie
sich opfernd wie Dein Sohn
dem Heil der Welten dienen

Erhör ihr leises Flehen nach
Erlösung von dem Leid und
schenke ihren Seelen endlich den
ersehnten Frieden
die so sehr geliebte Ruh

27
Ein Blümchen blühet wo
im schönsten Garten
und hat fein Blättlein so
der allerbesten Arten

Ich eil', es anzusehn
schau über'n Zaun

und kann nicht weitergehn
steh wie im Traum

Von seiner Schön' entrückt
im warmen
Herzen hochentzückt
und wink mit Armen

Sei lieb gegrüsst von mir
in deinem Garten
dich will ich hüten hier
solange warten

Bis deine Seel' sich hebt
vom bunten Kleide
und zu der meinen strebt
vereint sind beide

Seit jenem klaren Tag
im Strom der Zeiten
den uns das Schicksal gab
aus Ewigkeiten

26
O du mein Schifflein
auf der Liebe Wogen
ich hol' dich heim
an sanften Himmelsbogen

Dort bin ich ja
dein wunderbarer Stern
und flüstre immerfort
ich hab dich gern

Und tu' dir blinken
durch die bange Nacht

dir freundlich winken
sei dir wohlbedacht

Dass dich der Liebe Wind
in Herzens Falten
mir zuführt recht geschwind
ohn' Halten

Du wallest übern Ozean
des kunterbunten Lebens
dann kommst du endlich an
am Ziel des Strebens

Und sinkst in Seligkeit
dem in die Arme
der sich in Ewigkeit
deiner erbarme

12
Ich schau das Paar in eins verschlungen
in sel'gem Schlummer nächtig ruhn
da hab ich ihm ein Lied gesungen
vor Freud nichts andres konnt ich tun

Der Glanz der Seligkeit auf ihren Zügen
geleitet sie zu holden Träumen hin
indem sie vollends sich genügen
und haben nur den Liebsten noch im Sinn

Ein Wunder sind sie der Vereinung
eine sagenhafte Knospe der Natur
von der entzückt ist meine Meinung
fern vom Schlag der Weltenuhr

Und entrückt in helle Ewigkeiten
wo sie Well' um Well' umspielt

und sie Freuden sich bereiten
wie's ihr Sehnen sich befiehlt

Sanftes Tauschen der Gefühle
Lobgesang im Seelenbund
bis sich eins im andern fühle
und sich kennt im tiefsten Grund

Höchste Schönheit bist du Liebespaar
dem bewegten Augenblick
stellend ihm in Anmut dar
das vollendete Geschick

25
So selig sind wir hier vereint
und atmen das Arom der Liebe
die es gar köstlich mit uns meint
und läutert unsrer Herzen Triebe

Wir sind in ihr gebunden und doch frei
wie Vögel, die am Himmel schweben
gefunden haben wir uns wie im Mai
und lassen jedes doch das andre leben

Du fülltest mir den Kelch mit Wein
den wir zum Liebesfeste tranken
zutiefst vereint war dein und mein
als wir einander in die Arme sanken

Wenn ich je denke an die Nacht
die uns des Schicksals Brunnen beute
bin zur Begeistrung ich gebracht
von dem was ohne Mass mich freute

Zu welchen Höhen sind wir aufgeflogen
derweil die Göttertafel uns gelabt

gekrönt von Glückes hohem Bogen
im Schoss der Nacht bis uns der Mogen tagt

Dank Euch ihr Himmlischen für solche Gabe
die Arme werfen wir hoch in die Luft
dass sie, was wir erfühlten, zu Euch trage
der Liebe ewig zauberhaften Duft

24
Es wacht die stille Liebe
an deinem Bette fein
wo sie dir nächtig bliebe
ein Engel stark und rein

Er schützet deine Glieder
die hilflos vor ihm ruhn
will sie erwecken wieder
zu Tages buntem Tun

In ausgeruhter Heile
in Schönheit noch und noch
damit er mit dir teile
der Nacht und Tage Joch

Ich bin es, der dich hütet
dir wunderbar zu eigen
und fein durch dich vergütet
im sel'gen Lebensreigen

13
Bezaubernde Gefährtin meines Sehnens, mit der Liebe
die von allem Leiblichen erlöst ist, darf ich dich lieben,
ohne Furcht und bangendes Verzagen. Rein und heilig
ist sie mir; in ihr umfange ich dein Wesen mit dem
Hauch unendlicher Güte; deines Lebens Sorge nehme

ich dir ab und bin dir Vater und Mutter ebensosehr wie ich dein Geliebter bin.
In ewigem Gleichmut verbinden uns die Gefühle der Sympathie, die wir zueinander hegen, wir sind einander lieb
und gut in allen Gedanken, Worten und Taten. Beständig
fühlen wir uns wie vereint, eins mit dem anderen und wie in
Zärtlichkeit umschlungen. Und so licht und einfach und beseligend ist unser Dasein in der Gemeinschaft der Seelen,
dass wir darob beständig die reinste, innerste Freude ver-spüren. Und diese unsere göttliche Liebe ist von Engeln
behütet, dass kein Fehl ihr geschehe; ein Strahlenkranz von
Sternen zirkelt sie ein und tiefbeglückt sind wir von ihrem
sanftmütigen Leuchten.
Die Liebe, die ich meine, ist allumfassend. Wir schweben in
ihr in erhabener Leichte. Jede Faser unseres Wesens ist von
ihrem unendlichen Lichte durchdrungen und in ihr erreichen
wir für immer und ewig den Zustand höchster Beseligung.
Es sind Sphären fraglosen Glückes, die wir durchstreifen,
Gefilde sonniger Heiterkeit, kristallhelle Träume, die tausendmal wirklicher sind, als unser zur Erde gebundenes Leben.
In der Liebe höchster Erhebung sind wir vollends vom Atem Gottes umhüllt in sich grenzenlos öffnenden Räumen.

Das ganze All, Gottes Kind und Geschöpf, ist von ihrem Fluidum erfüllt, in dessen duftender Zartheit wir uns wie im Märchen bewegen. Sind wir uns fern oder nah, wir schenken uns Zärtlichkeiten geläuterter Art, die uns wieder und wieder wie wohlriechender Nektar erlaben. Wir durchdringen uns mit der Gestalt unserer feinsten Gefühle, die leichter denn Schleier und Wölkchen im Aether der Himmlischen schweben. Wo wir auch sind, wir schauen mit strahlenden Augen des Geistes uns an, und in der hellsten Klarheit unserer Blicke weiss sich eines vom andern im Tiefsten verstanden. Vertrauen gewährt es ihm, Freiheit, und schenkt ihm das Mark seines Seins im verbindenden Strahl.
Die höchste Schöne aber dieser Liebe ist das gemeinsame Dasein in zeitlosem Frieden. Umweht von sanften Winden der Seligkeit ruhn wir im Austausch subtiler Gefühle. Und lieblich und traulich ist jede Gebärde der Schönheit mit der wir einander uns nahn. Götterfrüchte sind es, die uns nähren; in holdseliger Stille trinkt unseres Schauens Vermögen das Bild nie verblühender Blumenwiesen, und was wir empfinden im lichtvollen Staunen und Sein, strömt ohne Behindrung vom einen zum anderen über.
Nimmer fühlen wir uns allein. Wir wissen uns friedvoll von geheiligten Genien umgeben. In der Gemeinschaft der edelsten Geister erheben wir anbetend unser Sinnen zum

Gott allumfassender Güte, in dem unser Sein sich erfüllt,
und unser Loben und Preisen vereint sich dem Gesang der
Myriaden, die vor Ihm in Dank und Bewunderung weilen.
Denn Er ist Anfang und Ende im Bogen der Liebe; in Seiner Allweisheit beschlossen ist jedes Bestehn. So war es und bleib es. In Zeiten und Räumen, in Glauben und
Lieben wird jedes und alles in seliger Freude in Gottes Allherrlichkeit ruhn.

23
Auf eine zerknirschte Sekretärin
Ich bin zerknirscht
als wie der Schnee vom Schuh
wann, pochend Herz, wirst
du mir schenken Ruh

Schamrot bin ich
auf meinen sonst so blassen Wangen
und wollt verkriechen mich
ins Pult vor lauter Bangen

Was wird er von mir denken
der unbekannte Herr
mir keinen Blick je schenken
und mich gar reissen zer...

Doch halt! Ich kann ja klimpern
gar schön mit Aeugelein
die sind bekränzt mit Wimpern
zwei Sternchen wunderfein

Noch immer konnt ich wenden
des Schicksals bösen Lauf
konnt Lieblichkeit versenden
mit Augen schlagen auf

Dies muss auch hier gelingen
ich bin so frank und frei
fang traulich an zu singen
und tanz auf einem Bei'

22
Du hüllest mich in soviel Schönheit ein
dass ich wie trunken bin, dies Kleid zu tragen
es wallt ein duftend Strömen durch mein Sein
kaum find ich Worte wie zu sagen

Mein Stern bist du am Himmelsbogen
du meine Sonne, dort wo sie am Mittag stand
es fühlt mein Herz sich aus dem Grab gehoben
seit es den Wohlklang deiner Liebe fand

Nun endlich darf ich blühen auf dem Feld
das du durchschreitest früh am Tag
wenn sich die junge Sonne uns gesellt
das Strahlenrad des Glücks das hinter Bergen lag

Du trittst in lichten Hain, für dich erbaut
und findest dort, dir sprudelnd jene Quelle
die nur das Herz der Liebenden erschaut
und eilst, schon trunken von dem Sang, zur Stelle

Dort spricht zu dir ein rätselhafter Mund
es leuchtet dir ein Antlitz, das du nie gesehn
vollends verfällst du der Verzauberung:
der Dichtung reinstes Wesen fühlst du wehn

Und noch ist Frühling was die Zeit betraf
in der so viel Beglückendes geschieht
beseligt sind wir wie nach langem Schlaf
was wird erst, wenn das Jahr den vollen Bogen zieht

15
Mir sitzt die Sonne im Nacken
das lang verborgene Gottweib
will schnell ihr das Strahlenkleid packen
solange sie leuchtet, beim Eid

Mit Freuden zieh ich's mir an
über Schultern, Lenden und Bein
erfühl ihre Glut wo ich kann
mir Dienerin soll sie nun sein

O, trinket ihr Augen ihr Licht
zur Kammer der Seele lasst fliessen
das unübertroffne Gesicht
ihres Glanzes, das wir so geniessen

Und Dank ihrem kurzen Besuch
sei der Göttlichen rasch noch geschenkt
eh wieder das grau graue Tuch
uns ihr strahlendes Antlitz verhängt

16
Dich, du Liebe, will ich grüssen
schick dir meinen süssen Mund
sanft die Lippen dir zu küssen
dass du bebst im Seelengrund

Mild umschliess ich dich mit Armen
die die Zärtlichkeit erhob
hüllend dich in mein Erbarmen
Nimm im Gruss das hohe Lob

deiner schönen Seel' entgegen
die ich hüt' in Herzens Schrein
Perlenkostbarkeit im Leben
ewig, ewig bist du mein

21
Einem milden Sommerabend gleich komm ich
zu dir und hüll dich ein in Wärme, die der Mittag
uns geschenkt, derweil die Sonne unsre Welt
für heut verliess und schon der Mond sich an-
schickt, still ans nächtige Gewölb zu steigen.
Du fühlst mein Dasein, s'ist ein Kleid, das
weicher dich denn luft'ge Seide sanft um-
schmiegt, bis du dich wohlfühlst im Geheimnis
deiner Seele. Sei du vom Glück gesegnet allezeit, so wünsch ich's, dass deines Herzens Tage
nun in Harmonien wunderbar sich folgen.
Verweil im Wohlsein dieses Augenblicks im
Innern deines Wesens, wo du geheiligt bist und
rein, vom Glanz des Göttlichen umgeben.
In brüderlicher Zartheit achte ich auf jede Regung
des Gemüts, die dich ergreift; ich halte mich
zurück, wenn du es wünschest und bin dir bloss
ein Windhauch, der mit dem Segel sachte spielt,
derweil das Schifflein kaum sich von der Stell bewegt und lasse See und Seele selig in sich träumen.

20
Schau in den Teich deiner Seele
beim fliessenden Mondenschein
dort blinken, weil ich es befehle
zwei Äuglein in deine hinein

Sie wollen beständig dir winken
verschwimmen im köstlichen Wein

den deine begierig nun trinken
als könnten sie nimmer satt sein

Da schaust du die Sterne im Blauen
in innig gefühltem Begehr
die spiegeln dir himmlische Auen
ein un- unerschöpfliches Meer

17
Nun zieht der grosse Friede
mir durch das stille Herz
ich spür des Schöpfers Liebe
die löset jeden Schmerz

Am Saum des hellen Tages
kaum, dass die Glut versank
drängt mich die Seele: Sag es
es war wie süsser Trank

Den uns das Licht beschieden
in unerhörter Pracht
ein Fest war es hienieden
das uns die Sonn' gebracht

Im frischen Duft der Wälder
durch Kräuteralmen durft ich gehn
es leuchteten die Felder
der Blumenreigen war zu sehn

Da heilte sanft mein Sinn
von tief geschlagnen Wunden
und eilt zur Freude hin
die endlich er gefunden

So fühlt ich was sich ziemt
dass uns der Schöpfung Bild

zu Fröhlichkeiten dient
im Leben hold und mild

18
Die Welt in Ruh
bald wird die Sonne kreisen
mir spielt ein Fluss auf Reisen
Melodien zu

Im Dom der Zeit
ist noch kein Eilen
noch darf ich stille weilen
in der Ewigkeit

Noch ruht die Seele
in des Raumes Hallen
und fühlt sich ohne Fehle
eins mit allem

Nun dämmert Tag
es nimmt des Himmels Blauen
ihr nächtig reines Schauen
mit ins Grab

Wir sind gestellt
so flüstert leis mein Sinn
die Worte vor sich hin
in mehr als eine Welt

19
An die Liebe
Ich denke dein
in stiller Stunde
du bist wie Wein
für meine Wunde

Mein Atem bist du
die Lebendigkeit
bist süsse Ruh
hüllst in Glückseligkeit

Mich sorglich ein
In deinem Schutz
darf sicher sein
und biete Trutz ich

der Gewalt
die an mir hängt
in Tags Gestalt
und mich bedrängt

Du bist mein Frieden
noch im Bangen
im Hienieden
das Erlangen

Du verzeihst
was ich verging
die Freud verleihest
meinem Sinn

Ich preise dich
im Wehn der Huld
bin ewiglich
in deiner Schuld

O halte mich
und führ mich heim
herzinniglich
zu deinem Sein

6

Geliebtes Herz, du reine Schale

34
Nun bist du mir zum Flüstern nah
dass ich dich greifen kann mit Händen
und wärst du in Amerika
würd'st du mir Freude spenden

Dein Köpfchen ruht auf meinem Schoss
wo ich es zart liebkose
wie deine Augen blau und gross
du zauberhafte Rose

Dann fahren meine Lippen hin
dir über Wang und Lider
liebreizende Verführerin
und finden's Mündchen wieder

Um dort vom hübschen Weg zu rasten
den es vordem zurückgelegt
in süsser Anmut ohne Hasten
wie ein gelungenes Gebet

Und was die Lippen sich erzählen
ist eitel Wonne und Gefühl
die sie sich schweigend auserwählen
im all so traulichen Gewühl

Gar freundlich hält die Kerze Wacht
mit ihrem feinen Schimmer
wohl durch die ganze sel'ge Nacht
verlösch sie uns doch nimmer

33
Harmonien tragen uns
durch den Saal der Welten
in dem Hochgemach des Ruhns
muss die Schönheit gelten

Wir Geborene des Lichts
nächtig hingesunken
heben balde uns vom Nichts
sind vom Wohllaut trunken

Der die Seele rings umfliesst
in den glanzerfüllten Auen
wo sich voll das Licht ergiesst
in ihr himmelweites Schauen

Und was Liebe zueinander fühlt
sieht sich sanfte hingezogen
und von Taulichkeit erfüllt
in dem ungeheuren Bogen

So erleben wir im Ruhn
was die Seel sich denket
wenn ihr nach des Tages Tun
Frieden wird geschenket

32
So habe ich denn nur für dich gelebt
mein Herzensengel sonder Schöne
seit mich die Mutter in die Welt gelegt
dass ich mit allem dich verwöhne

Du warst mein Ziel noch eh ich dich erkannte
derweil ich reifend wurde gross
noch eh zum ersten Mal ich deinen Namen nannte
bestimmte jemand, dass ich dich liebkos

Nun bist du, Wunderblume, mir erschienen
mir vollends ebenbürtig wo wir stehn
und ewig dürfen wir uns dienen
und aneinand im Glück vergehn

5
Ich schau das Paar in eins verschlungen
in sel'gem Schlummer nächtig ruhn
da hab ich ihm ein Lied gesungen
vor Freud nichts andres konnt ich tun

Der Glanz der Seligkeit auf ihren Zügen
geleitet sie zu holden Träumen hin
indem sie vollends sich genügen
und haben nur den Liebsten noch im Sinn

Ein Wunder sind sie der Vereinung
eine sagenhafte Knospe der Natur
Hochentzückte meiner Meinung
fern dem Schlag der Weltenuhr

Weit entrückt in Ewigkeiten
wo sie Well' um Well' umspielt
und sie Freuden sich bereiten
wie ihr Sehnen es befiehlt

Sanftes Tauschen der Gefühle
Lobgesang im Seelenbund
bis sich eins im andern fühle
und sich kennt im tiefsten Grund

31
Heilige Liebe
strahlendes Licht
unendlicher Friede
Morgengedicht

Mildes Verströmen
fliessender Schein
stetes Versöhnen
besänftiget sein

Atem der Stille
im Kämmerlein
ruhender Wille
holdselig - allein

30
Nun ströme ich dir, Liebe du
mit zärtlichem Verlangen
den reinsten Hauch der Sehnsucht zu
er fächle deine Wangen

Und kose dich so lieb und stumm
wie ein hauchzarter Schleier
der dich umwallet um und um
als wie zur schönsten Feier

7
Dich du Liebe will ich grüssen
schick dir meinen süssen Mund
sanft die Lippen dir zu küssen
dass du bebst im Seelengrund

Mild umschliess ich dich mit Armen
die die Zärtlichkeit erhob
hüllend dich in mein Erbarmen
Nimm im Gruss das hohe Lob

Deiner schönen Seel entgegen
die ich hüt in Herzens Schrein
Perlenkostbarkeit im Leben
ewig, ewig bist du mein

8
Du bist die Muse
ob deren Kuss
ich nicht mehr pfuse
schreiben muss

O meine Güte
wenn man weiss
wie ich dich hüte
wird mir heiss

Und bang dazu
aus ist die Ruh
sitz in der Tinte.
Meiner Flinte

flinkes Federzeug
brennt in der Hand
tief ich hinab mich beug
zu schreiben Tand

Doch in der Tändelei
dem Scherz im Busen
wird mir die Welt erst neu
nun kann ich pfusen

29
Warum bist du so schön geschaffen
dass ich dich anschau noch und noch
ich will mich ja in dich vergaffen
mich stürzen unters allzu süsse Joch

Wenn du vor im Sonnenglanze liegst
wo mählich deine blanke Haut sich bräunt
und du mich, Götterweib, im Nu besiegst
dass mir das Blut in allen Adern schäumt

Wie steh ich da in voller Schöne
bereit dir was du so begehst zu tun
dich anzufallen im Orkan der Töne
und wieder stille neben dir zu ruhn

O du der Venus liebereizend Bild
ich will dir wohl mit allen Fibern
war ich noch eben vor Erregung wild
spür ich nun Seligkeiten in den Gliedern

Du meine Weide über die die Augen gehn
du Heiligtum vor dem ich bete
nun darf die Seel vollends verstehn
warum sie ihre Flügel legte

Um vor der Einen, Reinen still zu weilen
in nie erreichter Zärtlichkeit
mag doch die Welt im Wahn vorübereilen
wir sind gestillt in Ewigkeit

28
Tausendmal am Tag
wiederhol ich deinen Namen
den ich eingepräget hab
in des Blutes roten Bahnen

Wo er unaufhörlich kreist
und mich innig, inniglich
Gnad erbittend zu dir weist
mit dem Schrei: ich liebe dich

Trunken bin ich von dem Laut
den ich aus dem Aether sauge
so ergreifend, so vertraut
wie der allertiefste Glaube

Wie das Murmeln einer Quelle
ein beständ'ger Seelensang
überspielt er Well an Welle
mein Gehör mit süssem Klang

Ungestillt ist das Verlangen
das er mir ins Herze sät
einmal muss ich an dir hangen
sei es morgen oder spät

Und vom Raunen wird zum Ruf
was ich jubelnd in mir trage
o Carina, der dich schuf
schenkt mir allerhöchste Gnade

Dich zu kennen, dich umfahn
engelgleich bist du erschienen
und wirst ewig als Gespan
mir zur reinsten Freude dienen

9
Schau in den Teich deiner Seele
beim fliessenden Mondenschein
dort blinken, weil ich es befehle
zwei €uglein in deine hinein

Sie wollen beständig dir winken
verschwimmen im köstlichen Wein
den deine begierig nun trinken
als würden sie nimmer satt sein

Da schaust du die Sterne im Blauen
in innig gefühltem Begehr
die spiegeln dir himmlische Auen
ein un- unerschöpfliches Meer

27
Sei mir von ferne gegrüsst, liebreiche Windsbraut
wie du wogenden Schleiers die Felder durcheilst
auf ewig bist du mir zur Seite getraut
selbst wenn du nie wieder in Seligkeit weilst
Doch hoff' ich so sehr auf des Schicksals Erbarmen
in dessen allheilender Güte wir stehn
dass mir vor Freud will das Herze erwarmen
wir müssen und dürfen und werden uns sehn
Es wartet im Schosse der Zeit das Begrüssen
glückseliger Tag der umschlungen uns schaut
wo die Stunden die sanften wie Honig zerfliessen
im Neste das wir uns zur Liebe erbaut

26
Still ruht der Wind
es strahlt der Stern
mein liebes Kind
ich hab dich gern

Mein Sehnen ruht
in deiner Seel
ich will dir gut
und ohne Fehl'

Sei unre Lieb
ein stetes Geben
holdester Trieb
im ganzen Leben

Ich weihe dir
was ich hier bin
und geb mich nur
in deinen Sinn

O tu' mich lieben
immerdar
mit sanften Trieben
wunderbar

Ein ewig Strömen
zarter Wonne
durchflute uns
wie warme Sonne

Sie mach' uns froh
in dieser Zeit
und ebenso
in der Unendlichkeit

12
So selig sind wir hier vereint
und atmen das Arom der Liebe
die es gar köstlich mit uns meint
und läutert unsrer Herzen Triebe

Wir sind in ihr gebunden und doch frei
wie Vögel die am Himmel schweben
gefunden haben wir uns wie im Mai
und lassen jedes doch das andre leben

Du fülltest mir den Kelch mit Wein
den wir zum Liebesfeste tranken
zutiefst vereint war Dein und Mein
als wir einander in die Arme sanken

Wenn ich je denke an die Nacht
die uns des Brunnens Schicksal beute
bin zur Begeistrung ich gebracht
von dem was ohne Mass mich freute

Zu welchen Höhen sind wir aufgeflogen
dass wir an Göttertafeln und gelabt
vom Glück gekrönt in hohem Bogen
im Schoss der Nacht bis uns der Morgen tagt

Dank Euch Ihr Himmlischen für solche Gaben
die Arme werfen wir hoch in die Luft
dass sie, was wir gefühlt, Euch tragen:
der Liebe ewig zauberhaften Duft

25
Nun liegen wir wohl beide so
halbwach im nächt'gen Dunkel
und sehnen uns zum andern, wo?
im Frieden unter Sterngefunkel

Doch bald seh ich mich wandeln
dir zu auf der Gefühle Wogen
es ist der Seele liebend Handeln
das durch die stille Nacht gezogen

Und zärtlich beugt sie sich hernieder
zur Ruhstatt wo du traulich liegst
und küsst dir sanfte deine Lider
dass leis du dich im Traume wiegst

Nur eine Träne kündet dein Bewegen
die wie die Perle in der Höhlung ruht
doch ist auch sie schon wie ein Segen
der alle Sehnsucht lindern tut

24
Ich spanne den Bogen der Sehnsucht
gewaltig vom Iche zum Du

und suche die rettende Zuflucht
bei dir erhabene Ruh

Darf bergen mein pochendes Herze
an deiner verstehenden Brust
mich lösen vom glühenden Schmerze
den du mir bereiten musst

Ich atme das sanfte Erleben
der all so beglückenden Näh
will mich dir zärtlich ergeben
im Blühen von dem was ich sä'

O lasse mich ewiglich bleiben
so liebe und traulich bei dir
dir bin ich gar selig zu eigen
verschmelzend zum ewigen Wir

13
O du mein Schifflein
auf der Liebe Wogen
ich hol' dich heim
an sanften Himmelsbogen

Dort bin ich ja
dein wunderbarer Stern
und flüstre immerfort
mein Du ich hab dich gern

Ich tu' dir blinken
durch die bange Nacht
dir freundlich winken
sei nur wohlbedacht

Dass dich der Liebe Wind
in Herzens Falten

mir zuführt recht geschwind
im Traumgestalten

Du wallest übern Ozean
des kunterbunten Lebens
kommst endlich an
am Ziele deines Strebens

Und sinkst in Seligkeit
dem in die Arme
der sich in Ewigkeit
deiner erbarme

14
Ein Blümlein blühet wo
im Zaubergarten
und hat fein Blättlein so
der allerbesten Arten

Ich eil es anzusehn
steh still am Zaun
und kann nicht weitergehn
allwie im Traum

Von seiner Schön' entrückt
im warmen Herzen
hochentzückt
wink ich mit Armen

Sei lieb gegrüsst von mir
im feinem Garten
ich will dich hüten hier
solange warten

Bis deine Seel sich hebt
vom bunten Kleide

und zu der meinen strebt
vereinend beide

An jedem klaren Tag
im Strom der Zeiten
den uns das Schicksal gab
aus Ewigkeiten

23
Wang an Wang und Seel in Seele
sieht uns der neugeborne Tag
ein Vögelein aus voller Kehle
singt was es jubilieren mag

Im Garten sind wir sonder Schöne
gelassen gütlich ein
und lauschen all der feinen Töne
die innig unser Herz erfreun

Gar liebend geht zu Blüten
im Grünen rings der Blick
wir wollen sie schön hüten
dann bringen sie uns Glück

22
Ich hülle dich in lautre Liebe ein
und stille dein Verlangen
du bist auf ewig, ewig mein
wie eine Blüt' an mir gehangen

Das Vögelein bist du in meiner Hand
das ich so sorglich hüte
wie ein unendlich kostbar Pfand
aus Herzensgrund in reiner Güte

Ich wieg dich in Geborgenheit
in der All-Liebe Armen
du fühlst in mir Glückseligkeit
in wundertätigem Erbarmen

In meiner Huld bist du bewahrt
vor'm Lockruf des Begehrens
bist deinem Fleische ausgespart
durch die Gebärde des Verehrens

Geheiligt ist dein warmes Blut
dass es den Kelch erfülle
der immer nur verströmen tut
der reinsten Sehnsucht Wille

In ihm liegt höchste Zärtlichkeit
ruht immerwährendes Verschenken
es will der Born der Ewigkeit
die edle Seel dir tränken

15
Ich leb in dieser Lieb Allschöne
allwie in silberheller Luft
die klinget wie verhaltne Töne
derweil ich atme ihren Zauberduft

Es ist ein Frühling mir geboren
der mich zu jenem Tun verführt
dem ich beinah schon abgeschworen
und das die Seel nun doppelt spürt

Wohin soll ich mit soviel Lust
mit dir will ich sie teilen
sonst sprengt sie mir die Brust
flieg Täubchen sie zu heilen

Wo immer unser Schlag
sind wir ein gurrend Paar
das sich beschnäbeln mag
bis es gesättigt war

16
Wir wandeln selig du und ich
im wunderschönen Garten
die lieben Hände halten sich
und Blümchen blühn von allen Arten

Sieh jene silberne Fontäne
der Pfauen schillerndes Gefieder
du paradiesische Domäne
erweckst uns höchste Freuden wieder

Es schwebt erhabne Stille in der Luft
fern hören wir ein Glöcklein tönen
die Sphäre ist erfüllt vom Duft
den Blumenkelche reich verströmen

Kaum dass vor Leichte wir den Weg berühr'n
durchwallen wir des Gartens Glieder
die uns durch Blätterkathedralen führ'n
dann blauet uns der Himmel wieder

Ein jedes ist vom Licht durchstrahlt
das aus dem Innern glänzend bricht
ein Quell aufsprudelt wie gemalt
im märchenhaften Lobgedicht

O, dass wir hier für ewig weilen
in zauberhaft verklärter Welt
die uns in Dichter-Sehnsucht-Zeilen
vor die lebend'ge Phantasie gestellt

21
Du reine Lieb trittst mir entgegen
hell leuchtend wie die Sonn am Zelt
durchstrahlst und wärmst mein ganzes Leben
in dieser schattenhaften Welt

Dir bin ich dankbar für dein Sein
es schenkt mir wunderbare Milde
strömt Sanftmut in mein Wesen ein
dem es die ew'ge Sehnsucht stillte

Dass du mir nah bist spür ich ja
als wie der Aether dem ich nie entweiche
du bist mein unverwandtes Da
in Lebens und des Himmels Reiche

Von mir nimm an was ich hier habe
die Dankbarkeit in Worts Gestalt
s'ist deiner Schönheit nur geringe Gabe
ein Same wohl der sich darin entfalt

20
Frühmorgens ich zur Ruhstatt kam
du lagst in holdem Schlummer
und blickte dich so zärtlich an
vergessend jeden Kummer

Obwohl du lagst in tiefem Traum
schlugst du die Augen hoch
erschautest mich im lichten Raum
und unsre Freundin noch

Es ist die Liebe die uns führt
den steilen Weg hinan
der Engel der uns stets erkürt
zur Einigkeit im Plan

Wo wir ihm traute folgen
auf fährlich hohem Pfad
wird er die Welt vergolden
uns mit dem Strahlenrad

Wir werden Weiten schauen
wie Adler auf dem Flug
und unsre Heimat bauen
dem Berge auf dem Bug

Der krönt die schönsten Lande
in Zeiten hell und klar
wir leben noch am Rande
des Abgrunds wunderbar

Und loben der uns stillte
den Wunsch den wir gemein
vereint zu sein in Milde
im Wolkenkuckucksheim

18
Du bist mir der Liebe
wunderschönes Pfand
dass es bei mir bliebe
geb ich ihm die Hand

Führ es über Strassen
in den Trolleybus
auf Kaffeeterrassen
geb ich ihm den Kuss

Der mir brennt die Seele
lächle lieb ihm zu
s'ist wie ein Befehle
ewig, ewig Du

19
Es wacht die stille Liebe
an deinem Bette fein
wo sie dir nächtig bliebe
ein Engel stark und rein

Er schützet deine Glieder
die hilflos vor ihm ruhn
will sie erwecken wieder
zu Tages buntem Tun

In ausgeruhter Heile
in Schönheit noch und noch
damit er mit dir teile
der Nacht und Tage Joch

Ich bin es der dich hütet
dir wunderbar zu eigen
bin fein mit dir vergütet
im sel'gen Lebensreigen

7

Reich der Sehnsucht, Reich der Lust

5
An die Liebe

Ich denke dein
in stiller Stunde
du bist wie Wein
für meine Wunde

Mein Atem bist du
die Lebendigkeit
bist süsse Ruh
hüllst in Glückseligkeit

Mich sorglich ein;
in deinem Schutz
darf sicher sein
und biete Trutz

ich der Gewalt
die an mir hängt
in Tags Gestalt
und mich bedrängt

Du bist mein Frieden
noch im Bangen
im Hienieden
das Erlangen

Du verzeihst
was ich verging
die Freud verleihest
meinem Sinn

Ich preise dich
im Wehn der Huld
bin ewiglich
in deiner Schuld

O halte mich
und führ mich heim
herzinniglich
zu deinem Sein

6

Vor Müdigkeit kann ich nicht schlafen
und such voll Sehnsucht deine Näh
bis sich die Hände bebend trafen
und ich dich ganz in deiner Anmut she

Die ich mit durst'gen Augen trinke
und, eh der Schlummer sie verschliesst
beglückt an deine Seite sinke
wo jedes dann die Lieb geniesst

Die es im andern darf erfühlen
in so vollends entzücktem Sein
dass lauschend stehn der Liebe Mühlen
und wir in Paradiese gehen ein

7

Und ewig webt in mir das Sehnen
ein Seelenfragen fein und bang
im Wunsch mich zärtlich anzulehnen
als nie verebbender Gesang

Und du vernimmst ihn, holdes Du
mein liebevolles Gegenüber
dir ström ich jene Sanftmut zu
die mir durchflutet alle Glieder

Ich lasse dich in Anmut ruhn
in meinerArme Wiege

die sich behutsam um dich tun
voll Zärtlichkeit und Liebe

Da lächelst du mich selig an
vergiltst mir was ich fühle
und wir sind traulich Frau und Mann
im Schoss der Liebesmühle

8
Nun lieg ich liebevoll an deiner Seite
und ström dir Harmonien zu
mit denen ich dir Freud bereite
mein vielgeliebtes, sanftes Du

Noch sind wir von des kummer losen Schlafes
allbergend Kleide fein umhüllt
derweil das Sonnenlichte traf es
das segnend alle Welt erfüllt

Die Stille atmet mit uns zwei
im friedetrunknen Dämmerraum
wo Schlaf und Wachen für uns sei
ein wunderbar gefügter Traum

Wir dürfen, was wir sind erfühlen
in unaufhörlich feinem Strom
und innig uns die Sehnsucht kühlen
in des Vertrautseins Liebeslohn

Zu mildem Hauch hat sich gelegt
des ungeduld'gen Blutes Fiebern
kein Wunschgebild, das uns bewegt
erhoffend wonniglichs Erwidern

Vollendet ist der Liebe Kreis
im freud'erfüllten Seelenbunde

der überglänzet schön und weis
des lichten Morgens Weihestunde

9
Rasch hole ich dich zu mir her
mit einem kräftigen Gedanken
und spüre deutlich immer mehr
dein wundertätiges Umranken

Ich blüh dir auf geliebte Maid
im Hauch der Küsse, die du spendest
und fühl, wie du in luft'gen Kleid
voll Zärtlichkeit mir zu dich wendest

So viel des Glückes ist ein Traum
den ich beseliget erlebe
ich halte dich lebend'ger Baum
ob des' Feinfühligkeit ich bebe

Lass uns, ich führ dich,
sinken hin zur sonnenheissen Liege
dass ich dir lieb und traulich bin
in nonchalentem Siege

Frühmorgens nach holdsel'gem Schlaf
wenn unser Wesen sich erholt
und schon der Sonne Strahlen traf
die Fenster dort mit purem Gold

Beglückt uns neugestärkt das Fühlen
in jeder Fiber, die wir sind
und wenn wir uns die Sehnsucht kühlen
entführet uns der Liebe Wind

Im feinen Spiel der Zärtlichkeiten
zu zauberhaft willkommnen Höhn
wo wir einander Freud bereiten
im Seelenbunde licht und schön

0, wie beseligt sind wir dann
derweil wir sanfte uns umfangen
und uns im daunenweichen Kahn
die Zeit im Nu vorbeigegangen

Schon stieg die Sonne hoch ans Zelt
von ihren Strahlen lassen wir uns baden
sehn uns wie neugeboren in der Welt
in tausendfachen Glückes Gnaden

11
In dir tritt mir das göttliche Wesen der Liebe in seiner
ursprünglichen Reinheit entgegen. Es lächelt mir
Wonne des Herzens zu, sei es in Anmut, natürlicher
Unschuld oder mädchenhafter Verschmitztheit, von der
zwei Grübchen in deinen Wangen beredtes Zeugnis
geben. Du bist von der Art, dass unendliche Liebe dich
durchströmt, wobei jede Gebärde deiner makellosen
Gestalt ihre Gegenwart bekundet und jene, die das
Glück haben in deiner Nähe zu weilen und die von der
Fülle innerer Schönheit, die du ausstrahlst, wie von
einem köstlichen Mahl genährt und gelabt sind. Jenen
aber, denen es vergönnt ist, in der Stille der
Zweisamkeit mit dir zu weilen, erblüht eine holdselige
Welt, von warmem lichte durchflutet und von so
schönen Gefühlen der Zartheit, des Vertrautseins und
der vollkommenen Hingabe, dass die Seele wie verklärt
in reinem Entzücken sich findet und duldend und
anbetend staunt ob dem Herrlichen, das ihr geschieht
und sie vollends erfüllt und besänftigt in den
verborgensten Falten ihrer Tiefe.

So wirkst du, mein liebes Gegenüber, das holdeste und befreiendste, das man sich denken kann. Mit unnachahmlicher Grazie und Geduld veredelst und hebst du, den du erwählt hast, und lässt ihn, den Glaubend und Dankenden immerdar in Glückseligkeit schweben.

12
Was schaust du mich so neckisch
an mit himmelblauen Augen
dass ich nicht widerstehen kann
ich muss dir deine Hoffnung glauben

Die mich gar liebevoll umfängt
im Wohlgefühl der trauten Näh
in der dein Köpfchen zu mir drängt
und ich mit Küssen es besä'

0, holder Anmut reizend Spiel
des Lebens wonnigliche Gaben
herzinniger Liebe einzig Ziel
an der Umarmung sich zu laben

Und lächelnd sieht uns Amor zu
ob dessen Pfeil wir sanken
und wünscht verschmitzt glücksel'ge Ruh
vom süssen Becher, den wir tranken

13
Ich lehne mich an einen Baum
und schliesse beide Augen
da seh ich dich allwie im Traum
bezaubernd, kaum zu glauben

Mir ist, du lehnest ebenso
genau mir gegenüber
am Stamm und machst mich herzlich froh
doch werde ich nicht klüger

Weiss nicht, was das bedeuten soll
wir schauen beide ein
und zählen wer wen suchen soll
und sind doch längst daheim

14
Mehr zu küssen wag ich nicht
meine lieberfüllte Rose
dein bezauberndes Gesicht
das ich nur mit Augen kose

Weil du mir, ehe ich's versah
in den Armen sonst verglühst
und dann bist du nicht mehr da
die das Leben mir versüsst

Lieber halt ich, edle Dame
so wie sich's geziemt
dich auf zierlich kleiner Flamme
die uns zärtlich stimmt

Und es traulich lässt geschehn
dass wir ohne Schaden
uns mit Schönheit übersä'n
ohne mehr zu fragen

15
So gelöst bei dir zu weilen
ist mein allerschönster Traum

Wonnezeit mit dir zu teilen
im warmen, friederfüllten Raum

Derweil nur leis die Lippen sich berühren
die traute Hand auf deinem Köpfchen liegt
und wir den langgezognen Atem spüren
der sanfte in den Schlaf uns wiegt

Sind unsre Seelen liebevoll vereint
zu einem glückerfüllten Wesen
des' Sein in zarter Schönheit scheint
dem lichten Himmelreich erlesen

16
Im Herzen der Nacht schrie ich auf
und stürzte zu dir meine Wunde zu kühlen
es nahm die Natur ihren ewigen Lauf
ich bekam deine Hitze zu spüren

Es schoss mir vom Hirn in die Lenden das Blut
und rief mich die deinen zu finden
ich war wie die wogende Welle dir gut
die liess sich vom Taumelnden binden

Geöffnet gabst du dich dem Seligen hin
das dich zärtlich und heiss überströmte
die Lippen dir netzte - Verführerin
und dir jedes Gefühl noch verschönte

Unsäglich Geliebte, so deute ich dir
das unendliche, brandende Meer
und du das entzückende Land mir
im Bund der Natur hoch und hehr

17
Was ist denn anders in der Welt
wenn wieder wir uns sehen werden
worauf ist unsre Lieb gestellt
im kunterbunten Tal der Erden

Sie ruht auf unserem Erblühn
wie Rosen weiss im Teich der Schöne
auf jedem hingegebnen Worte kühn
und aller Lieblichkeit im Reich der Töne

Die wir uns öffnen Herzens schenkten
wie Kinder, die im Spielen sich vertan
indem wir Schätze zu uns lenkten
soviel nur jeder geben kann

Dies ist der Reichtum, den wir hold erkürt
und der in lichten Glanz uns kleidet
wenn lieb zusammen uns das Schicksal führt
und jedes sich am Wiedersehen weidet

0, welcher Jubel wird uns hell umwehn
in jener benedeiten Stunde
in der die Blicke ineinaudergehn
und Zärtlichkeit uns hellt die Herzenswunde

Es wird ein wunderbares Finden sein
ein noch einmal sich neu begreifen
ein warmes Fühlen sich daheim
in Lebenskreisen die sich sanft umgreifen

18
Wieviel Zärtlichkeit ist in der Welt
die wir kaum ob vielen sehn
das uns jeden Tag missfällt
weil wir mitten in ihm stehn

Doch es braucht ein Aufschaun nur
von den Händen, die stets werken
bis wir finden ihre Spur
und die lautre Schönheit merken

Die trotz allem uns umgibt
köstlich in verhüllter Weise
weil sich stets das Zarte liebt
heimlich auf dem Lebensgleise

Achten wir auf Wind und Baum
und ihr trauliches Geflüster
ständig fühlen, hören, schaun
soll'n wir als verständige Geschwister

Dann wird uns wie neu erstehn
Erd und Himmel voller Leben
hochbeglückt sind wir zu sehn
die Natur im feinen Weben

19
Carina bist du da
ich flüstre deinen Namen
o, sag doch leise: ja
dass wir zusammenkamen

Und lieb uns seien durch die Nacht
in längst vertrauter Weise
die soviel Freuden uns gebracht
auf unserm Lebensgleise

Ich bin dir doch so gut
mein zartes Schnurrekätzchen
und spür dein warmes Blut
bei mir im Schlummerplätzchen

Wie reich darf ich erfahren
was du mir zärtlich bist
im neunmal wunderbaren
Gefühl, das mich durchfliesst

Der Kerze milder Schein
beleuchtet uns die Stunden
in denen wir so fein
Holdseligkeit gefunden

20
Im Blütenzauber der Nacht
erscheinst du mir hell wie am Tage
dich hat mir die Sehnsucht gebracht
die im Herzen ich immerfort trage

Du flüsterst mir Worte ins Ohr
von so liebe und traulichem Klang
und bringst Melodien hervor
dass wir schwingen im Seelengesang

Zarte Blume im nächtigen Dunkel
wie schön du mir wieder erblühst
gleich dem köstlichen Sternengefunkel
das traulich vom Himmel uns grüsst

Du bist meine heimliche Fee
die mild durch die Träume mir weht
in so wirklich und greifbarer Näh
dass beinah mir der Atem vergeht

Ich schau und schaue dich an
erstrahlend in wallenden Schleiern
solang mein Verlangen es kann
dein ergreifendes Hiersein zu feiern

21
Nun weiss ich, was dir traulich klingt
aus vielgesprächigem Munde
wovon dein Herz in Freuden singt
s'ist zarte Liebeskunde

Die wie der Windhauch über's Feld
dir strömt in beide Ohren
und dir eröffnet eine Welt
in der du fühlst dich neu geboren

Du bist's von der ich Feinheit lern
wenn ich dich leis liebkose
ich hab dich innig, innig gern
Verwandte der erblühten Rose

Die duftet selig vor sich-
hin in einen Traum versunken
des' all so liebliches Gespinn
mich wunderbar macht trunken

22
Dir geh ich liebeglühend hin
mein Herz mit ausgestreckten Armen
als ruhig funkelnden Rubin
magst du an ihm erwarmen

Und sorglich hüten an der Brust
das Kleinod von erlesener Schöne
das mit dir teile Leid und Lust
und dich mit Zärtlichkeit verwöhne

Und weilst du still in deiner Welt
wirst du es innig küssen
im Grund der Hand, die lieb es hält
und lässest tausendmal mich grüssen

Es fliegt dein Sinnen zu mir her
auf fein bewegten Schwingen
und wird mir über's Liebesmeer
den Gruss der Sehnsucht bringen

22
Was sinn ich noch in stiller Nacht
mit halbgeschloss'nem Munde
und halt bei meiner Kerze Wacht
als brächt sie frohe Kunde

Von dem, der mir im Blute liegt
der mir so nah gegangen
dass meine Sehnsucht Flügel kriegt
und ich vollends an ihm gehangen

Was treibt der ach so Ferne wohl
derweil ich an ihn denke
spürt er, wie zart und liebevoll
 ich meine Seel ihm schenke

Und ist sein Herz so tief bewegt
wie meins von dem Gefühle
das warm und innig in mir lebt
und nimmer sich erkühle

O ja, ich glaub, dass er behält
in seinem Sinn mein Wesen
und so scheint mir die ganze Welt
aufs köstlichste genesen

24
Aus einer Welt der Güte
des Frohsinns und der Ruh

send ich dir das Behüte
in liebevollem Strömen zu

Was ich dir schenke, ist so mild
und soll zu neuer Freud dich fuhren
schau ich's in einem trauten Bild
ist's wie ein zärtliches Berühren

Ein Streichen, wie der Sommerwind
dir über Haupt und Glieder
die noch im Traum gelöset
sind sowie alinächtig wieder

Da spüret deine feine Seel
wie ich dir nah bin zum Genügen
in Schönheit darf ich
ohne Fehl mich sanfte zu ihr fügen

So sind wir wunderbar vereint
in der geheimnisvollen Weise
die es gar köstlich mit uns meint
auf unsrer Lebensreise

25
Ich schwimm im Glück an deiner Seite
wo ich in sanften Stunden lieg
und durch die Träume dich begleite
in die dein Wesen nächtig stieg

Mir ist's ein köstliches Geschenke
die Wärme deiner Haut zu spüren
derweil ich zärtlich an dich denke
und lasse mich von dir verführen

Zu drehn des Ueberglückes Rad
beim Spiel, das mich wie nichts betört
ich fühl mich selig wie im Bad
im Schoss der Wonne unerhört

Und so sind wirjm.Kuss vereint
in daunenweich erlebtem Fügen
wie wohl es doch das Schicksal meint
wenn wir so innig uns genügen

26
Ich hüll dich ganz in Liebe ein
dass du in ihr geborgen
wie's neugeborne Kindelein
um das sich Mutterhände sorgen

Sei du in wachen Sinn getrost
es kann dir nichts geschehen
solang mein Atem dich liebkost
wirst du nur Seligkeiten sehen

Du bist im Leben wie gewiegt
von jedem Wort das ich dir sage
und das die Traurigkeit besiegt
und jede Seelenklage

In meinen Armen bist du heiter
bist wie von Zauberkraft belebt
und spürst wie auf der Himmelsleiter
welche Leichte dich erhebt

27
Ich sitze dir am Lager nächtig
und trockne liebvoll mit dem Tuch

die heissen Tränen, die so mächtig
hervorgeschossen auf der Such

Nach sachte heilender Erlösung
aus zutiefst empfundner Qual
in der Seele aufgewühltem Grund
blieb dir wohl keine andre Wahl

Da beuge ich mich zärtlich nieder
berühr mit Lippen weich wie Samt
die scheu geschlossnen Augenlider
kostend der Tränen bittern Trank

Und nach der Stirne sanftem Bogen
erkür ich schwebend, wunderzart
dein Mündchen, das mich angezogen
und bleib bei ihm auf eine Art

Dass du, vom Kummer bald genesen
dich selig dem Geschnäbel weihst
das, unsrer Liebe auserlesen
uns sagenhaftes Glück verheisst

28
Mir ist, es weinte ständig meine Seele
nach dir, wie ein verlornes Kind
das kaum noch weiss, was ihm so fehle
inmitten vielen, die ihm hilfreich sind

Es ist die traute Heimat, die sie sucht
den Quell der Liebe, der sie innig labt
und wenn sie ständig deinen Namen ruft
bleibt ihr Erfüllung sicher nicht versagt

Schon dämmert grosse Hoffnung auf
dass sich auf wundervolle Weise

gestaltet unsres Lebens Lauf
zu jenem seligen Geleise

In dem wir uns so einig sind
dass uns kein Raum mehr scheidet
und uns der Ewigkeiten Wind
in wonnigliche Freuden kleidet

29
Derweil du wohl geschlossnen Auges ruhst
in nächt'ger Stunde, nah ich leis mich dir
und seh ein Lächeln fein auf deinem Munde
so wie des schönsten Traumes Zier

Da küss ich sachte deine Lider
und schau dich liebvoll innig an
im Herzen finde ich dich wieder
und darf mit reiner Liebe dich umfahn

Es ist ein stilles Glück, das uns vereint
ein wortlos sich im Seelengrund verstehn
ein jedes ahnt schon was das andre meint
eh noch die Worte über sanfte Lippen gehn

Ein Wachen ist es im Gezelt der Nacht
derweil der Hoffnung Flamme traute brennt
und holder Liebe benedeite Wacht
die reich im andern sich erkennt

Leis, leise kommt die Dämtnrung auf
und Blumen überirdschen Lichtes keimen
uns nimmt die Himmelswelt in ihren Lauf
im hochglückseligen Vereinen

30
Seit ich dich ohne Unterlass
in meinem warmen Herzen trag
spür ich trotz vielerfahrnen Sorgen
dass mir dort scheinet heller Tag

Und in der lautem Liebe, die uns hält
gehn wir getrost durch's anspruchvolle Leben
derweil wir zu Begleitern uns erwählt
ist unser Tun ein immerwährend Geben

Nimm hin, o Seele, was ich denke
es sei so leicht und schwebend fein
ein deiner Schönheit würdiges Geschenke
das uns noch einmal mehr verein

31
Ich rufe dich an in dunkelster Nacht
im Schrei meines Herzens, dir Sorgen zu klagen
noch ist was ich wollte mitnichten vollbracht
es hetzt mich im Wald eine Meute von Fragen

Erschreckt wach ich auf, weil der Kummer mich plagt
mich lassen Gewalten des Abgrunds nicht schlafen
ich fühl wie die Seele sich wimmernd beklagt
weil im Finstern so mächtige Hiebe sie trafen

Da flieht sie im Schatten der Zweige zu dir
um dort wo du schlummerst nur leise zu weinen
so ist sie beschützt vor der Unterwelt Gier
und den Kräften, die drohend ihr Dasein verneinen

Es schwebt, weil die Flamme der Liebe uns eint
eine Aura um uns, der wir kindlich vertrauen
am Sternendom strahlet ein Licht, das uns meint
wir dürfen in ihm helle Zuversicht schauen

So strömet uns mählich der Friede ins Herz
nach dem wir unendlich uns sehnen
und löset uns sachte von Kummer und Schmerz
dass wir lächeln mit tapferem Mund unter Tränen

32
Ich nehm dein Köpfchen in den Arm
bin voller Wintersonne
und geh ihm lieb und geb ihm warm
dir und auch mir zur Wonne

Das Leben hält den Atem an
in dieser unberührten Stille
wir sind und fragen nicht seit wann
Geborgene in Gottes Wille

Inder Beglückung strömen wir
uns innige Vertrautheit zu
dein strahlend Antlitz schenket mir
ohn' Unterlass dein Du

Die Augen blau erheben sich
in himmelweite Ferne
doch die Gefühle meinen dich
und singen leis: Ich hab dich gerne

So schweben wir im Weltenspiel
in selig lichtem Weilen
und schenken uns unendlich viel
bis alle Wünsche heilen

33
Reich der Sehnsucht, Reich der Lust
dass ich euch noch so bewahre

und wie Zauberdünste heiss erfahre
hier in dieser Menschenbrust

Bringt ihr doch der Leiden viel
mir ins arme Herz hinein
dass ich nächtig bitter wein'
ferne vom ersehnten Ziel

Will die Liebste nur umarmen
fein und zärtlich - ungestüm
dass die Freudenröslein blühn
will an ihrem Leib erwarmen

Rennet vor mir her ihr Stunden
allzugerne folg ich euch
dass die Wehmut rasch verfleuch
wenn ich sie nur hab gefunden

34
Eh ich in den Schlummer reise zieht
eine leise Melodie
in meinem Herzen sanfte Kreise
Geborene der Harmonie

Was auch der runde Tag mich lehrt
an wundermildem Sich-Ergeben
sei nun in Trautheit dir verehrt
verbindend unser beider Leben

Der Friede atmet in dem Klang
der uns erlabt in nächtiger Stund
es ist ein reiner Seelensang
behütend unsern Liebesbund

Inhalt

Gedichte 1962 - 1978

7 Der Vogel
7 Hinter dir ist die All Natur
8 weder dem Gott noch den Menschen
8 erheb dein tränendes haupt
9 Es ist meinen Augen eine Freude
10 Meine Seele atmet
11 Götterdämmerung
12 Im Dom der Stille
12 Ich war tot
13 Lobpreisung
14 Herr, vernimm den winzigen Klang
14 Am Ufer der Aare -zu träumen
15 Licht und Freude
16 Trari, trara
17 Ostern, was bist du traurig
18 Himmlisches Jerusalem
19 Die Engel sind uns näher
20 In der Entwöhnung vom Alltag
21 Du herrliches Leben
22 Tot, liebes Hündchen
23 Euch Sterne, sah Beethover.
23 Der Künstler
24 Auf Erden singt ein reifender
25 Befreiung will der wirkende Gott
26 Ein kosmisches Ereignis
27 Morgenlicht, Lobgedicht
28 Meditation, hebe das Gold
29 Weihnacht 1974
30 Aus dem Glück der Stunde
31 Weihnacht 1975
32 Mutter und Kindlein

33 Dir weih ich Herz und Sinn
34 Vater vor dir knie ich
35 Mit klaren Sinnen betracht ich die Welt
36 Rein ohne Makel ist mein ich
37 Weil der Gnade Finger mich leitet
37 Zerstört die Blute
38 Elegisch Trauern bricht hervor
39 Aufschrie mein Herz
40 Die Zeit vergeht in stetem Eilen
41 Glanz und Glorie
41 Gequält am Leib doch frei im Willen
42 Künde des Schöpfers Lob
43 Steig in den Wagen voll Glück
44 Deine Freude lass mich singen
45 Gekommen ist die Zeit
46 In unaufhörlichem Schwung
47 Ich bin der Ewigkeit verwandt
47 Der Seele Glänzen hüllt dich ein
48 Ich zog die Menschenhülle an
49 Der Hauch des Abends weht mich an
50 Mein Sinnen ruht im Sternendom
51 Ostern, aufstrahlt die Freude
52 Ausbreite die Flügel
53 Dir lass uns danken
55 Heim zum Vater fliege ich
56 Verklingen will der bunte Tag
56 Im Sein erlangen wir von Gottes Art
58 Man weiss wie die Götter leben
60 In blauen Lüften weilt mein Schauen
61 Heiliger Seraph, nimm wieder vom Tor
61 Erstrebe Sein Reich
62 Aus Ewigkeiten in die Zeit geboren
63 Die heitre Klarheit die wir schauen
64 Lichte Wärme weiht uns die güldene Sonne

65 Morgenstille, gilt der Wille
66 Du Gott in Trauer
68 Meditation
68 Mir klingt der Jubelsang erhabner Welten
69 In Deiner Nacht bin ich erwacht
70 Nur wer des Lichts begehrt
71 Weihnacht 1976
72 Du in mir, ich in Dir, Einheit der Wesen
73 Weihnacht 1979
74 Alles Erschaffne ist in Mir
75 Ich bin wie du im Kern des Lebens
76 Du bist mein Reichtum
77 Weihnacht 1977
78 Auf ein Pferd
79 Sei schön brav Mutterschaf
80 Weihnacht 1978
81 Was habe ich denn ausser Dir, Herr
81 An reich erlebten Tages Neige
82 Insel des Friedens bin ich
83 Helle Sonne guten Tag
83 In Himmels Höhen bin ich der Herr
84 Stille, ein Meer von Stille
85 Unerbittlicher Tod
87 O Liebe, Liebe, Liebe

Gesang des Schweigens

LÄCHELNDES
91 Der Lächler lächelt vor sich hin
91 Papa springt vergnügt bergan
92 Ein Zahn war es im Mund der faulte
92 Ei und Ei macht zwei
93 Was der Mond in seinem Backen

93 Es schweift der Vogel Kakadu
94 Wohlig räkelt sich im Sessel
95 Faszinierendes Genie

LIEBESLIEDER
95 Den Frieden dieser Nacht zu teilen
96 Gleich wie aus dem Sternenreigen
96 Der Gedanken Silberbogen
97 Was die Rosen uns erzählen
97 Fleht meines Herzens sanfte Weise
98 Sind im Zauber der Liebkosung
98 Wenn wir so lieb beisammen liegen
99 Eine traute Nacht zu weilen
99 Einmal will ich zu dir kommen
100 Rauscht der Wind in mächt'gen Wogen
100 Wenn ich nächtig dich umfange
101 Hast du wieder mich gefunden
101 Ich höre dich sein im Gelispel der Stille
102 So als wäre nichts geschehen
102 Komm ich zu dir im Kleid der Stille
103 Mag sein, dass du den feinen Hauch verspürst
103 Ach, in deinen Armen sterben

WEHMUT
104 Ganz Wehmut bin ich
105 Schau doch, er weint, ein Engel flüstert's
105 Nagt der Kummer dir am Herzen
106 Die Woge will, oh bleib nur still
106 Wenn die Stunden uns entgleiten
107 Es wurde morgen, mittag, nacht

HOFFNUNG
108 Herr, vernimm den winzigen Klang meiner Stimme
108 Gigant'sches Kämpfen türmt sich auf
109 Hebst du deine Augen auf

110 Ihr helft mir dennoch, liebe Geister
110 Lass uns, o Herr, durch's Leben schreiten
111 Freu dich und freu dich in den Tagen
111 Und kennst du nicht das Lobgedicht
112 Herr im Himmel, Dich zu preisen

NATUR
113 Der Vogel
114 Zwitschervogel auf dem Ast
114 Götterdämmerung
115 Rausche Meer in langem Zuge
115 Auf des Äthers lichten Strömen

ERKANNTES
116 Hinter dir ist die All-Natur
117 Weltschmerz, Schmerz der Welten
117 Es wallt die Zeit in Wogen auf
118 Am Diamanten lupenrein
118 Du bist deines Glückes Schmied
119 Soweit ich sinn und sinne

ERSCHAUTES
119 Meditation
120 O könntest du in deinem Leben
120 Dein Leben ist ein stetes Schreiten
121 Des Lebens Tiefen zu ergründen
121 Rausch der Sinne, Rausch der Reben
122 So wie Ich bin in Glanz und Schrecken
122 Du kommst Mir recht, geringer Knecht
123 Titanenwerk, o Mensch, in deinem Busen
123 Nun halte dich bereit in deiner Seele
124 Geistessonne, wahres Leben

Was die Rosen uns erzählen

127 Ich bin ins Kleid der Stille
127 Liebs Räbeli, liebs Bäbeli
128 Es pocht mein Herz am frühen Tage
128 Hin und wieder möcht ich weinen
129 Deinen Leib wie Alabaster
129 Unendlichem Zauber geben die Seelen sich hin
130 Deiner Augen glänzend Strahlen
130 Was ich dir zum Trost bereite
131 Meine Lippen langen nach den deinen
131 Dir zulieb leg ich die Krone
132 Der Blick in deine Augensterne
132 Nun kann ich nimmer eine Frau liebkosen
133 Das Pflänzchen Klee

Tau der Liebe

137 Ich erzähle dir zu allererst vom Glück
138 Wohin ich dich begleite sind die Augenblicke schön
139 Die Sterne hab ich dir zum Liebreiz auserkoren
140 Ich leg die Grazie, mit der der Tag beginnt
141 Ich lehre dich die Kunst des seelenvollen
142 Ich schaue dich im Strahlenkranz
143 Im Rosenlicht des Morgens
144 In den Rosenstrahl der Liebe gehüllt
145 Geliebtes Herz
146 Den Tag der Freude will ich mit dir teilen
147 Du bist die Wohnstatt reiner Liebe
148 Ich steig hernieder vom Olymp
149 Durch's Meer der Hoffnung
150 Wie rührend ist die Stimme deines Herzens
151 Das ist die Art in der sich Gott verschenkt
152 Mein Langen mischt sich mit dem deinen
153 Dein Herz verströmt so lieben Klang

154 Alle Herrlichkeit des Himmels
155 Im Licht der Liebe
156 Nun will ich dich mit Schleiern der Holdseligkeit
157 Ich gereiche dir zum Heil
158 Wovon du träumst

Es wallt das Korn

161 O Liebe, Liebe, Liebe, offen bist du mir
161 Du bist mir der Liebe wunderschönes Pfand
162 Nun darf ich bei dir liegen
162 Der Lächler lächelt vor sich hin
163 Ein kleines Muh sah sich erschreckt
163 Liegen, schlafen, träumen
164 Es wallt das Korn
164 Morgen zeigt die Uhr, bonjour
165 Nur die Sonne kann es bringen
166 Wir wandeln selig, du und ich
167 Ich leb in dieser Lieb Allschöne
167 Vom zarten Strahl der Sonne berührt
168 O guter Herr, erbarme dich der Menschen
168 Ein Blümlein blühet wo
169 O du mein Schifflein
170 Ich schau das Paar in eins verschlungen
171 So selig sind wir hier vereint
172 Es wacht die stille Liebe
172 Bezaubernde Gefährtin
175 Auf eine zerknirschte Sekretärin
176 Du hüllest mich in soviel Schönheit ein
177 Mir sitzt die Sonne im Nacken
177 Dich, du Liebe will ich grüssen
178 Einem milden Sommerabend gleich
178 Schau in den Teich deiner Seele
179 Nun zieht der grosse Friede
180 Die Welt in Ruh
180 An die Liebe

Geliebtes Herz, du reine Seele

185 Nun bist du mir zum Flüstern nah
185 Harmonien tragen uns durch den Saal der Welten
186 So habe ich denn nur für dich gelebt
187 Ich schau das Paar in eins verschlungen
187 Heilige Liebe
188 Nun ströme ich dir, Liebe du
188 Dich du Liebe lass ich grüssen
189 Du bist die Muse
189 Warum bist du so schön geschaffen
190 Tausenmal am Tag wiederhol ich deinen Namen
191 Schau in den Teich deiner Seele
192 Sei mir von Ferne gegrüsst
192 Still ruht der Wind
193 So selig sind wir hier vereint
194 Nun liegen wir wohl beide so
194 Ich spanne den Bogen der Sehnsucht
195 O du mein Schifflein
196 Ein Blümlein blühet wo
197 Wang an Wang und Seel in Seele
197 Ich hülle dich in lautre Liebe ein
198 Ich leb in dieser Lieb Allschöne
199 Wir wandeln selig du und ich
200 Du reine Lieb trittst mir entgegen
200 Frühmorgens ich zur Ruhstatt kam
201 Du bist mir der Liebe wunderschönes Pfand
202 Es wacht die stille Liebe

Reich der Sehnsucht, Reich der Lust

205 Ich denke dein in stiller Stunde
206 Vor Müdigkeit kann ich nicht schlafen
206 Und ewig webt in mir das Sehnen
207 Nun lieg ich liebevoll an deiner Seite
208 Rasch hole ich dich zu mir her
208 Frühmorgens nach holdsel'gem Schlaf

209 In dir tritt mir das göttliche Wesen
210 Was schaust du mich so neckisch an
210 Ich lehne mich an einen Baum
211 Mehr zu küssen wag ich nicht
211 So gelöst bei dir zu liegen
212 Im Herzen der Nacht schrie ich auf
213 Was ist denn anders in der Welt
213 Wieviel Zärtlichkeit ist in der Welt
214 Carina bist du da
215 Im Blütenzauber der Nacht
216 Nun weiss ich, was dir traulich klingt
216 Dir geb ich liebeglühend hin
217 Was sinn ich noch in stiller Nacht
217 Aus einer Welt der Gute
218 Ich schwimm im Glück an deiner Seite
219 Ich hüll dich ganz in Liebe ein
219 Ich sitze dir am Lager nächtig
220 Mir ist, es weinte ständig meine Seele
221 Derweil du wohl geschlossnen Auges ruhst
222 Seit ich dich ohne Unterlass
222 Ich rufe dich an in dunkelster Nacht
223 Ich nehm dein Köpfchen in den Arm
223 Reich der Sehnsucht, Reich der Lust
224 Eh ich in den Schlummer reise

Ludwig Weibel, geboren 1933
Lebt in CH-9200 Gossau/St.Gallen
Studienabschluss als Fernmeldetechniker
Schriftstellerische Berufung zur
"Philosophie des Seins" für vife Geister.
Erstellt elegante Graphiken mit einem
Pendel-Apparat. (Siehe Buchumschlag)
Homepage: www.das-sein.ch